我当心理咨询师遇到的那些怪诞事件 3

胡定乐——著

贵州出版集团
贵州人民出版社

图书在版编目（CIP）数据

我当心理咨询师遇到的那些怪诞事件．3 / 胡定乐著．—贵阳：贵州人民出版社，2020.3
ISBN 978-7-221-15801-7

Ⅰ．①我… Ⅱ．①胡… Ⅲ．①长篇小说—中国—当代 Ⅳ．① I247.5

中国版本图书馆 CIP 数据核字（2019）第 290596 号

上架建议：长篇小说

我当心理咨询师遇到的那些怪诞事件．3

胡定乐　著

责任编辑：胡　洋　潘　乐
封面设计：天行健
内文排版：百朗文化
营销推广：悬疑志
出　　版：贵州人民出版社
（贵州省贵阳市观山湖区会展东路 SOHO 办公区 A 座　邮编：550081）
印　　刷：三河市鑫金马印装有限公司
开　　本：880mm × 1270mm　1/32
字　　数：180 千字
印　　张：8.5
版　　次：2020 年 3 月第 1 版　2020 年 3 月第 1 次印刷
书　　号：ISBN 978-7-221-15801-7
定　　价：42.00 元

楔子

我叫欧阳子瑜，是一名心理咨询师，供职于我姨妈开设的一家心理咨询中心。从入行到现在，我已经干了十年。

一说到心理学，“高冷”这词就随之而来。心理学对许多人来说，是一门“虽然听不懂在讲什么，但是感觉很厉害”的学科，而心理咨询师则是像神一样的存在，似乎能看穿一切。这其实是个天大的误会，心理学并非想象中那么高深莫测，只不过其诞生和发展于欧美国家，一些专用名词和术语，均是一连串就算费牛劲也很难记住的外国人名，再加上引入中国时间较短，尚未普及，以致造成了生僻高端之感。

心理学简单来说，就是一门主要研究人的心理现象的学科。然而人的心理就好比一个看不见、摸不着，又没有重量、不知大小的黑箱子，但是人的心理会通过行为来表现，比如一个人的喜怒哀乐，可以从这个人的脸部表情和姿态举止推断出来。所以心理学其实就是通过研究人显露在外的行为来反推人的心理，而心理咨询师则是根据这些蛛丝马迹来诊断来访者的心理问题，然后对症下药。

我们心理咨询中心虽然不大，员工只有二十来人，在心理咨询圈却颇具影响力。这主要得益于我姨妈赵璇女士的名望，她是知名心理专家，从业三十余年，在国内外获奖无数；其次是我们中心两大金字招牌科室——心理障碍和恋爱婚姻，凭着扎实的心理学知识和专业素质，声名在外，备受好评，来访者络绎不绝。

我所在的科室就是心理障碍科。我们科室的主任叫张勋，是我的师傅。心理咨询师跟其他行业一样，也有以老带新的传统。他其实年纪不大，就比我大个两三岁，所以平常我不叫他师傅，叫张哥。我这个张哥啊，人其实不坏，就是有点精分（精神分裂）。工作上非常严肃、苛刻，说一不二，但生活上完全就是另一副模样，口无遮拦，段子张口就来，跟个说相声的似的。我最受不了的是他没事老喜欢打击我，在他手下当徒弟的时候，我可没少吃苦头。

而恋爱婚姻科的主任安翠芳则是我的女神。安大美女因为人长得漂亮，从初中开始身边就不乏追求者，也曾轰轰烈烈地谈过几次恋爱，但都无疾而终，所以年纪轻轻，就有些愤世嫉俗。面对这么一位“神人”，我频频吃瘪自然不在话下，也因此常常被张哥戏谑。

心理咨询师跟记者一样，是个从来不缺少故事的行业。与我们中心两大王牌科室都有关的我，这些年自然少不了遇到一些好玩、有趣、离奇、诡异的心理障碍案例。接下来，我将继续讲述我当心理咨询师那些年遇到的怪诞事件。

按照惯例，我在此特别声明，我说的这些案例均进行了大量模糊处理，涉及的人名和地名以及背景做了相应的化名和更改，只保留了怪诞案例的名目和症状，而在具体情节上则做了大量的艺术改编，如有雷同，纯属巧合，请勿对号入座，谢谢！

目 录

CONTENTS

对话结束，又是男女寻欢的呻吟声和床铺乱颤的嘎吱声，羞得她赶紧戴上了耳机听歌，但是大脑却围着这件事打转。突然，她脑子里蹦出了之前网上看到的一个关于隔壁有鬼的恐怖故事，顿时浑身起鸡皮疙瘩。她极力说服自己，世界上根本没有鬼。

在科室医生的精心治疗下，没用多久，小永的症状便逐渐消失了，他不再昏迷和肢体僵直，但小永变调说奇怪语言的频率不知道为什么却渐渐多了起来。之前只不过是偶尔会迸出一两句，越到后面次数越多，到了最近，他说的话，谁也听不懂了，都只能连蒙带猜。医院给他做了好几次深入检查，均未发现任何异常，对此医院也有些束手无策了。

吴青莲入院以来，经过深入、细致地检查，首先可以肯定的是她属于惊吓过度而造成精神失常，伴有失眠、手脚抽搐、狂躁等症状。正常的时候，她的思想和行为与常人无异，可一旦听到分贝稍微大一点的声音，比如大声的话语、突然的咳嗽声、关门的声响等，她就会抓狂，大喊大叫，久久不能平静，非得将自己折腾至不能动弹为止。

一周之后，王初心接到疑似那个胖男人发出的三封奇怪信件，上面疑似有要杀她的意思，随后她再次报警。

警方正在调查时，突然接到王初心的电话，电话里只有凄厉的狗叫声，并无人声。警方赶到后，发现她住处有一穿黑披风、手里持刀的人，警方将其制服后，发现这人就是王初心。另外她养的那条名为“泰迪”的萨摩耶犬被杀。

郭莹莹犹豫了一下，看了看余主任，见他点了点头，她才默默地卷起了袖子，露出了双臂。只见上面横七竖八满是伤疤，有的已经愈合了，有的依然血肉模糊，甚至已经感染发炎了。尽管我已经在姨妈给的资料中见过她手臂的照片，但此刻见到这一双恐怖的“伤疤”手臂，还是充满了震惊。

NO.01

隔壁房间
总是传来奇怪的声音

案例编号：120105383			
姓名	罗文静	职业	杂志编辑
性别	女	婚姻	未婚
年龄	31	住址	北京朝阳区
症状情况	每晚临睡前总是听到隔壁发出奇怪的声音，搅得她坐立不安，然而调查却发现并无异常，致使她神经衰弱		
治疗结果	成功		

第一章

像磨牙、说梦话，甚至梦游，这些症状奇特的睡眠障碍，想必大家都知道。然而还有一种奇怪的睡眠障碍，相信知道的人甚少。其实不仅普通人知之甚少，就算心理咨询师也罕有知晓的，要不是我自己曾经遇上过一个真实案例，若有人跟我说，我肯定会将它当成无稽之谈，哪可能有这种事啊？！

罗文静是我的微信好友。她是一本美食杂志的编辑，我们相识于北京本地吃货群。因为我常爱在里面分享北京各类特色小吃和一些经典菜系的做法，她以为我是美食达人，于是加了我，并向我约稿——其实那些都是被张哥逼出来的。张哥的嘴可刁了，一周七天，吃的饭菜绝对不能重样，一不合口味就罢吃，然后点外卖，钱要我掏，所以没办法只好网上找菜谱，自我提升，日子一长，居然也能做几个像样的菜了。

菜谱的稿子容易写，一二三四按照先后次序将具体做法列出，再配上几张诱人的菜品照片即可。更重要的是稿酬不菲，因此没事我就给她写上一两篇，一来二去的，我们俩就相熟了。平常不仅会讨论稿子的事情，有时候也会说说其他的，比如生活中的不如意、最近遇到的一些有意思的事情、明星八卦之类的，反正兴头来的时候，能瞎扯上好半天。

有一天晚上，我躺在床上刷朋友圈。不知不觉到了十一点多，正要睡，突然罗文静语音找我说话："子瑜，你在吗？"

"在啊。"我先回了这么一句。她向来很少这么晚找我说话，除了催稿，于是我赶紧又补了一句："稿子你就放心吧，十五号之前我一定交稿。"

"呵呵，看把你吓的。"罗文静回道，"别怕，我不是来催稿的，不急啊，本期杂志截稿期是二十五号，你还有大把时间。我是有其他事情，想问问你。"

"那我就放心了，不瞒你说，最近忙，这期稿子我还没动笔写呢。"我松了一口气，于是问，"不知道有什么事能为你效劳？"

"我搬家的事情，你知道吧？"

"知道啊，上次听你说过。你说为了方便上班，已经从郊区搬到公司附近住了，还说你隔壁住着一个卖啤酒的女孩，你们二人相处得挺不错的。"

罗文静跟我说过她搬家的事情。她原先住在郊区，上下班很不方便，三个月前搬进了公司附近一处二层民宅。房东是一个姓胡的老太太，合租的是一个卖啤酒的女孩。她还说，那个卖啤酒的女孩人不错，二人很谈得来。

“嗯，是的，唉，不过最近那个卖啤酒的女孩搬走了，新搬进来一个姓王的男子。这个男人实在太讨厌了。”

“哦，卖啤酒的女孩为什么搬走了啊？那个新来的男人你为什么讨厌他？”

因为微信语音聊天方便，很快她就给我发来了数条语音，大意是，她当初决定租住胡老太的小二楼，一是因为离公司近，只有一站地的距离；二是楼里的租户并不复杂——房东胡老太、她和卖啤酒的女孩一共三人。胡老太住在楼下，她和那个卖啤酒的女孩住在二楼，分租 AB 两室，三人相处得还算不错。可惜前不久卖啤酒的女孩认识了一个在房地产公司做销售的男朋友，也不知道对方给她灌了什么迷魂汤，没几天就搬走跟他同居去了。

自从卖啤酒的女孩搬走之后，胡老太整天忙着找人填补二楼 B 室的空缺，在社区里四处张贴租房小广告。罗文静担心胡老太招来什么来历不明的人，主动请缨接下招租任务，然后根据自己的要求在几个本地分类信息网站发布了合租信息和联系方式。

帖子一发出去，很快就收到了不少租房者的电话。罗文静问东问西，筛选了一两个合适者约定时间前来看房。她打算下班回去给胡老太说一说，结果刚到家，房东胡老太就满脸堆笑地迎了上来。

“小静呀，我的房子已经租出去了！”她笑着说，“网上的租房信息，有空你帮我删了吧！”

“啊？不是交给我对外出租吗？您租给谁了？干什么的？”罗文静一听，心里有些不快，连珠炮似的追问道。

“是个海归，从新西兰回国不久，在火星电影公司上班，说是灯光师。”胡老太回道，“今天出来找房，看到了我贴的小广告，就找上门了。小伙儿人不错，是个爽快人，也不讨价还价，一下就交了半年房租。”

“什么？是个男的？您怎么能……不是说好只租女孩子吗？他一个男的，这多不方便，怎么事先也不告诉我一声呀？”罗文静听到对方是个男的，都有点要奓毛了。

“哎哟，小静，你也别不开心，你听阿姨说。事情的确有些突然，小王一来，哦，对了，他姓王。小王一来就看中咱这里了，二话不说立马就将房租给交了。我说，你不用急呀，是不是再好好合计一下呀？他说，不用，他没时间。所有行李就一个背包、一个旅行袋，交完钱，放下东西就走了。你看，阿姨这不是等你一回来，就第一时间告诉你了吗？我知道，最近你帮我找房也辛苦了。阿姨心里敞亮着呢……”

胡老太啰里啰唆一通解释，虽然罗文静心里不乐意，但也无可奈何。只希望如胡老太说的那样，这个小王一大早就会出门，每天很晚才会回来，也不在这里开火，最多夜里煮个泡面消夜而已。基本上他们照面的机会很渺茫，不会对她的日常生活有太大影响。

“别太介意，你好好住你的，就当没他这个人一样！”见罗文静面带不悦，胡老太宽慰道。

接下来的日子，正如胡老太说的那样。这个小王早出晚归，除了他门口放的那双男用拖鞋和公共洗手间里的那把吉列剃须刀让罗文静感受到还有另外一个人在这里住，其他没什么不同。

她心中的不悦和排斥竟然逐渐消散了。

有两次她开门回房的时候，还忍不住看了看旁边的房间，她竟然对朝六晚九的邻居产生了莫名的好奇。

真正第一次见到这位男邻居，是在他们合住半个月之后的事了。

那天中午，他急匆匆半道回来，说是回来拿点东西。可罗文静明明看见他回来的时候，腋窝里好像夹着个邮政包裹，出去的时候却是空着手的。

别人的私事，她不想管。这是她跟他第一次正面接触。

“哦，你好，你是小静吧？”

他正准备开自己的房门，恰巧罗文静从洗手间里出来。那天她因为前一天冻着了，请假在家养病。

他一脸歉意，有些腼腆：“不好意思，我就在你隔壁住，我拿点东西就走。哦，对了，我姓王，你叫我老王好了。”

罗文静点头，脸上勉强挤出尴尬又不失礼貌的笑意：“没事的，你不需要道歉。你租的房子，你想怎么样就怎么样的。”

他似乎更局促了，钥匙掉在地上，他赶紧去捡。

这反倒搞得罗文静有点不好意思了，连忙解释道："你别着急，我真不介意，你忙吧，我先进屋了。"

听到这里，我忍不住回了罗文静一句："照你这么说，这个老王，人并不讨厌啊，我甚至感觉这是玛丽苏剧情的标准开场。"

罗文静语带不屑地说："人讨不讨厌是一回事，能不能共同生活则是另外一回事了。"

我追问道："又发生什么事了？"

罗文静叹息道："唉，很快我就发现，这个老王有一样令我无法接受的生活习惯——他每天晚上都会带女人回来过夜！当然了，国外开放，他出国那么多年，染上点恶习也正常。回国后又在电影公司上班，身边美女如云，你扑过来，我压过去的。不管出于什么目的，我都可以理解，但每天都这样就有点过分了吧！"

"哦，这个……这个确实有些尴尬……"聊到这里，我终于明白她讨厌老王的原因了。

"他不知道我就住在隔壁吗？真是太可恶了！"

"如果是这样的话，我觉得你应该跟房东胡老太反映一下。"我建议道，"要这个老王注意一点。"

"我反映了啊！"罗文静越说越气，"但是老王说他没带女人回来！"

"啊？！"我一惊，"没带女人回来！"

第二章

罗文静说她自己是典型的夜猫子，每天都要折腾到很晚才会睡。

其实，老王确实也是个很小心的人，每天晚上回来都轻手轻脚的，从没有过大的动静。所以，一开始她并不在意。

那阵子流行一款名为《愤怒的小鸟》的游戏，罗文静痴迷上瘾，每晚都会玩到凌晨一两点多，她怕游戏里的声音影响到别人，一般都是戴着耳机玩。

那天晚上，有一关她玩了一晚上也没通过。越玩心里越气，最后甩掉耳机，自己坐着生闷气。

就在这个时候，她隐隐听到隔壁传过来了窸窸窣窣的声音。仔细分辨，是一男一女对话的声音。一开始她以为是老王在看电视，可忽然想起，胡老太家就一台电视，收在自己房间里看。租给他们的房间里，是不配电视的。

难道老王自己买的电视？

这也不可能。

要是他自己买电视看，他们的房租是包含电费的，他这额外的电费怎么算？胡老太肯定不会乐意。并且，如果老王真的是在看电视，电视里总会有广告，或者有背景声。

可隔壁传过来的始终就只有一男一女的对话声。

罗文静好奇心顿起，轻手轻脚地摸到墙边，耳朵贴在墙上，想搞清楚到底老王是不是真的在看电视。

隔壁的说话声时高时低，不能确切地听到他们具体说的每句话，但将那些偶尔能听清楚的个把字串联起来，不难判断出，那是男女间打情骂俏的话。

罗文静不大好意思再听下去，毕竟她没有偷听的嗜好，再说就算老王没发现，这也是很违背她行事风格的行为。好在声音不大，也不影响她睡觉，她上床很快就睡着了。

第二天晚上，罗文静忙着最新一期杂志的进度，加班加点地在编稿。

十一点多钟的时候，她听到了隔壁的开门声。她知道是老王回来了，没多久又传来男女的说笑声。她无奈地笑了笑，摇了摇头，感叹了两句自己的单身生活就继续工作了。

第三天晚上，罗文静依然在加班编稿，然后她又听到了脚步声和隔壁的开门声。她看看时间，已经临近午夜。随后，隔壁又响起了男女说笑声。一连三天晚上都是这样，她心里有些怒了。

次日上班的时候，她和同事抱怨了两句。同事笑笑说："这个老王确实太讨厌了，他是饱汉子不知饿汉子饥，他忘了隔壁还住着你这只单身狗呢！"

罗文静又羞又气："你真讨厌！"

同事安慰道："男人嘛，谁还没点欲望啊，你就多多包涵吧！"

罗文静试着忍耐，这个老王不仅没有收敛，反倒变本加厉起来。

这种情况持续了一段时间后，她终于忍不住去找了胡老太，将最近的情况跟她做了汇报。

“胡阿姨，这房您租给个男的住，我不说什么，已经很忍让了。”罗文静越说越气，“可是他现在整天带人回来住，你这隔音又不好，这算什么事啊！”

“你说的这事不太可能吧？！”胡老太反问道，“小静啊，你是不是听错了？”

“这怎么可能，难道我还诬陷他不成？”罗文静每天晚上都要耳朵贴着墙，听上十几二十分钟，怎么可能会错？

当然，这样的细节没有必要跟胡老太说。

“小静，不是阿姨不相信你。他要是真的带人回来了，每天这进进出出的，一定要经过我房间门口，我怎么会不知道呢？再说了，就算他晚上偷摸带人回来，第二天一大早他们总不可能比我起得早吧？可是我每天只见到老王一个人出门呀。”

听胡老太这么一说，罗文静仔细想想觉得有几分道理。一个大活人进进出出的，这么多天不可能不被撞见一次吧？

看胡老太的样子，也不像在说谎。再者，她没有必要说谎。

罗文静开始怀疑是不是自己真的听错了。

难不成我出现幻听了？

“这么着吧，今晚等小王回来，阿姨问问看。要是真像你说的那样，就是他不对了。”胡老太信誓旦旦地说，“就算你没意见，我还不乐意呢！”

见胡老太这么说，罗文静也不好再说什么了。

倒是胡老太，自顾自说着：“这样怎么成呢？交一份房租，两个人住！真是知人知面不知心，这小王看上去不是那种人呀……”

然而说来也奇怪，这个姓王的像是有预知能力一样，怕被胡老太兴师问罪，竟然一晚没有回来！

这天晚上很安静，罗文静耐心等了很久，也没有听到任何男女的说笑声。

她失眠了，一直到凌晨，才迷迷糊糊睡了过去。等醒来的时候已经是次日上午十点多了，她也顾不得多问什么了，匆匆洗漱完毕后就上班去了。

晚上回来，一进门，罗文静就被胡老太叫住说：“小静，你看，差点冤枉好人了吧？小王昨晚加班，一大早才回来，洗了个澡，又走了，说是要赶戏。我问他了，最近是不是谈恋爱了？他说没有。我说，小年轻的这都是很正常的事，要是偶尔带个女朋友回来，阿姨也理解。他说不可能，工作忙，没时间想这事。我就说嘛……”

说到这里，罗文静跟我说：“当时听胡老太这么说，我心想莫非是我听错了？但是转念一想，这是不可能的啊，我明明听见隔壁有个女人在说话。我每晚趴在墙上听，听得耳朵直疼，这可是真真切切的事。子瑜，你说我是不是见鬼了？”

“别瞎说，这个世界上是没有鬼的，你这个事很明显，老王在撒谎嘛！”我回道。

“是吧，我也觉得是这样，但是他不承认，这么无凭无据的好像也拿他没办法。”罗文静无奈地说。

“没证据，可以找啊！”

“怎么找？”

“到他屋子里去找呀！”我提醒道。

“屋子里？”罗文静反问道。

“是啊，要是有女人待过，一定会有痕迹的。要是他们真在里面做过什么的话……更会有……”说完这句话，我就后悔了。毕竟对方是个单身女孩子，虽然我已经说得很含蓄了，但还是觉得极为不妥，于是话锋一转，“话说，今天晚上隔壁老王难道没动静吗？”

“没有，今天老王好像没有回来。”

“哦，这样吧，哪天等隔壁老王房间有动静了，然后趁他不在家，你找房东来打开他的房门看看。当然了，这是下策，我不鼓励你这么做，最好的办法是你让房东再找老王谈谈，要他稍加注意就好了。”

“嗯，我知道怎么做了，谢谢你啊子瑜。今天晚上不好意思啊，多有打扰，时候不早了，你赶紧睡吧，我也该睡了。”

第三章

罗文静这事其实算不了什么大事，那天晚上她跟我说过后，第二天我就忘了。结果没想到一周之后，她居然再次跟我提起。更让我有些吃惊的是，这件事竟然朝着神秘的方向发展了。

那天晚上，我将写好的美食文章发到了她的邮箱里，又微信里跟她说了一声。本来这么做是想让她快点看我的稿子，结果她说了一句“收到了”后，又跟我说：“子瑜，还记得我上次给你说的那个隔壁老王吗？”

“记得啊！”本来我是忘了，经她这么一提，我又想起来了，“这几天太忙了，也没来得及问你，问题还没解决吗？”

“唉，别提了，根本没有解决。”罗文静叹息道，“前几天，我怂恿胡老太进到老王房间了，但是一无所获。”

罗文静说，那天晚上她跟我说完之后，她失眠了。而老王估计继续加班，又是彻夜未归。第二天一大早，她就找到房东胡老太说：“胡阿姨，我想了一晚上，我还是不信。他一定带女人回来过，我肯定！”

“小静，阿姨不是不信你，没证据，我又能怎样呢？”胡老太无奈地说，“我总不能逼着人家承认，你说是吧？”

“有证据，一定有！”罗文静信誓旦旦地说，“他房间里肯定会有女人待过的痕迹。比如，衣服、鞋什么的。”

其实，她是想说，避孕套、润滑液等情趣用品。

“这样吧，趁他还没回来，阿姨跟你上去看看。”见罗文静话说到了这份儿上，胡老太也只能采取点措施了，“不过，我要事先声明，我可从没干过这种事，你放心，我绝不会背着租户私自进他房间的！这是特殊情况，也是咱俩为了解决事情一块儿去的。”

罗文静说，当胡老太开门的时候，她还挺激动的，她感觉自己就要接近真相了！

屋子里很简单，空气中弥散着一股淡淡的清新剂味道。

一张床，一张桌子，一把椅子。

一目了然。

床头有几本杂志，桌上散落着一些速食产品。

靠墙处有个老式的衣橱，就像电影里常看到的那种，人躲在里面，外面通过一条条木格透进去的光，能将你脸上画上一道道的光栅。

床边的纸篓里很干净，没有发现任何用过的纸巾，更不用说避孕套之类的东西了。

罗文静小心翼翼地打开衣橱，里面除了歪斜地挂着几件衬衫，就只有橱子底下半拉开拉链的一个旧旅行背包，散乱露出内衣和袜子之类的衣物。

“你看，我就说嘛，哪有什么女人在这里待过的样子？”胡老太走到床边说，“这个小王倒是挺利整的，被子叠得就像没用过一样。”

“可是，我明明……”罗文静有些不甘心，但话到嘴边，又没了说下去的勇气。

“好了，小静，说不定是你听错了呢？”胡老太安慰道，“我这屋子隔音不是很好，也可能是邻居家传过来的声音。总之，这个小王确实没问题的。”

事已至此，罗文静无话可说。

也许真的是邻居家传过来的电视机里的声音。虽然这个解释有点牵强，但她也不得不相信了。

罗文静收拾了一下，便上班去了。

当天晚上，她正在屋子里编稿，听到了楼下的脚步声，她知道是老王回来了。

她抬眼看了看时间：九点一刻。

今天老王回来得很早。

罗文静隐约听到楼下胡老太跟老王轻微的对话声——

“小王，回来了呀？”

“啊，今天……所以……”

“对了，问你个事……这都不一定啊……你女朋友……晚上……”

“没有……哪里有……女朋友死了……”

“哎哟……我可不是那个意思……你不要见怪……都是你隔壁那个小静……”胡老太咳嗽了一声，“我怀疑啊……她有病……”

“没事……”

…………

不知道是不是胡老太跟老王这次沟通有效，之后的几个晚上，罗文静居然没再听到隔壁传来动静。

就在她为此暗暗松了一口气的时候，那天午夜，她又听到了那个熟悉的女人的说话声！

罗文静使劲摇了摇头，反复对自己说，什么事情也没有，一定是自己搞错了，根本就没有什么女人在隔壁！

可她越是这么想，她的听力反而越是灵敏。

对话结束，又是男女寻欢的呻吟声和床铺乱颤的嘎吱声，羞得她赶紧戴上了耳机听歌，但是大脑却围着这件事打转。

突然，她脑子里蹦出了之前网上看到的一个关于隔壁有鬼的恐怖故事，顿时浑身起鸡皮疙瘩。她极力说服自己，世界上根本没有鬼。

隔壁一定是有个女人！

她搜寻着脑海里的记忆，重复着那天在隔壁房里看到的情景。

突然，一个细节令她精神一振！

她记得，当时，隔壁房的窗户是开着的！

老王人都出去了，为什么没有关窗？不怕有人爬进来偷东西吗？

虽说这里是二楼，可并没有实际的二楼那么高，并且窗子底下就是别家的屋顶，顺着屋顶上下并不难！

那女人一定是循着窗户进入的房间，次日一早又从窗户溜出去的。她离开之前还清理了房间。

没错，这样一来，一切都说得通了！

罗文静的心头顿时明朗起来，她再次坚定了自己的判断。为了偷情，狗男女们什么偷鸡摸狗的事情干不出来？

她奋力摘掉耳机，冲到墙边，耳朵贴着墙，仔细听了起来。

千真万确！

明明就是一男一女胡搞的声音！

她心里有了想法，打算明天一早，等老王一出门，她就过去抓奸！

当晚，罗文静一夜未睡，玩游戏玩了个通宵。第二天一大早胡老太就出去遛弯去了，这是老太太每日常规。七点多钟的时候，隔壁老王洗漱完毕后也出门了。待到老王走远，她径直跑下楼来到客厅，先叫了两声“胡阿姨”，没得到回应，又走到大门口看了看，没发现胡老太，随后她走到电视柜前翻找了起来。

上次胡老太就是从这里拿的钥匙开的老王的房门——钥匙果然在。她拿到钥匙，冲上二楼，飞快地打开房门。一进门，她就立刻摆好自我保护的架势，以防不测，眼睛四处查找，搜索那个女人藏在何处。

屋里什么人也没有，窗户关得严严实实的。

这窗子和她房间的窗子一样，只能从里面反锁，外面根本无法打开。

也就是说，那女人，凭空消失了！

难道，真的闹鬼了吗？

这时候，一阵冷风从门外吹了进来，像是有人拉了门一把，瞬间就关上了。

罗文静打了个冷战，这才发现自己还穿着睡衣。她赶紧走出去，关上门，放回钥匙，逃回了自己的房间，躲进被子时她还在不停地哆嗦着，半天没有暖过来。

因为住处离公司近，平常罗文静都是九点多出门，但此刻她不敢再在屋子里待着，匆匆忙忙洗漱一下就赶往了公司。

说完后，罗文静问我："子瑜，你说我是不是真的见鬼了啊？感觉这个老王越来越邪乎了啊！"

"我倒觉得没什么啊。你去查看的时候，肯定是那个女人早就走了呗。虽然窗子只能从里面反锁，但只要在老王出门之前放走她就可以了啊。"听完罗文静说的事，说实在，我有些啼笑皆非，就这点事，至于如此大动干戈吗？！

不过，想到她是个女孩子，我心里顿时也就释然了：女人做事的方式跟男人就是不一样。有时候在男人看来，明明是一件非常简单明了的事情，但对她们来说却变得异常困难，玄机重重。

"拉着房东一起去老王房间里找证据那一次可能真的是因为那个女人当时不在屋，而且房间也收拾得特别干净，所以没有留下任何痕迹。但是我整夜没睡那天，自始至终都在注意着隔壁老王的动静。那天早上隔壁只有老王出门了，那个女人绝对没有出去。但当我偷开房门时，屋里却一个人影也没看到。下班后，我还特意去找了二楼窗户下的邻居，他说天没亮他就起来翻土种菜了，一直到上午十点多。这期间，老王房间的窗户一直是关着的，根本没有人出来。”罗文静反驳道，“她就是凭空消失了！”

“嗬，小罗，听你说了这么多，我有个猜想不知道对不对啊。”我推测道，“我觉得吧，你隔壁那个老王估计是个喜欢看日本爱情动作片的人。单身男人嘛，总得释放一下欲望的。他的电脑里肯定有一部他特喜欢的片子，晚上回来无聊，他就点开播放自娱自乐一下。”

“是吗？”罗文静表示怀疑，“但是我听到的男女双方都是在讲普通话啊，并且他们的对话每天都不一样，不像是……不像是这种片子里的情节。”

“那肯定是中文配音嘛，老王肯定下了好几部同一个人配音的小电影。”我试着找出更合理的解释，“要不然就是国产小电影，同一人演了好多部。”

“哦，你这么说好像也能说得通。”听到我这么说，罗文静不禁自语道，“难道真的是我多想了？”

“应该就是你多想了。”我笑笑说，“其实这事很好验证的，下次你听到隔壁老王房间里有动静，就赶紧拉上房东堵他的房门，相信真相自然大白！”

“嗯，好的，我知道怎么做了。”罗文静坚定地说。

第四章

见她有所松动，我以为接下来，罗文静就算不按照我说的去做，至少应该不会胡思乱想了。但是我低估了她，更低估了她对此事的执着。

几天后，等我询问我写的那篇美食文审核结果时，她的回答让我吓了一大跳："出事了，我正在医院。"

听到这句话时，我下意识地以为她因为一直纠缠隔壁老王的"动静"，终于惹恼了老王挨了打，又或者是在这个探寻真相的过程中受了伤，于是忙问："到底出什么事了？"

"老王……"她犹豫了片刻，"老王上吊自杀了！"

"你说什么？！"我不禁倒抽一口凉气，"这……这究竟怎么回事？"

罗文静说，那天听我那么一说后，她的心安定了不少。当晚隔壁老王房间依然传来扰人的声响，但她已经不是太恐惧了，不过对老王这个人又多了几分憎恶。次日上班的时候，同事见她脸色不好，就问怎么了。她忍不住将最近发生的事情告诉了同事，结果一个平常比较八卦的女同事听完后，全盘否定了我关于老王看小电影的说法，坚持说是老王带女人回来了，并且建议罗文静买个小电钻回去，偷偷在墙上钻个孔查看，如此自然一切了然。

这么无厘头的做法，也不知道她那个八卦同事是怎么想出来的。如果只是说说也就罢了，但最要命的是罗文静竟然听进去了。下班后她真的跑到五金店买了一把小型手钻，当晚回去就钻了起来。

胡老太的小二楼本来就是违建，墙壁不是实心，而是夹板墙，所以并不难钻透，很快墙面就被罗文静成功钻出了一个能望到对面去的小孔。

她不敢钻得太高，以免被老王发觉。只要她从墙角望过去，能看到有女人的脚，那就足够说明问题了。

钻好洞，罗文静坐在电脑旁，漫无目的地点击着鼠标，焦急地等着老王回来。她心里惴惴不安的，又充满了一股莫名的激动与兴奋，就像在等待宣布中奖号码一样。

这一等就等到了午夜十二点，老王终于回来了。

咦，怎么只有一个人的脚步声？

难道我估计错了？难道那个女人真的是我的幻觉？

罗文静心里纳闷着，正要轻轻拉开自己的房门透过门缝观察外面的老王，但为时已晚，在她拉开门缝的那一瞬间，老王已经开门进屋了。

不过，她只看到了老王一个人。

罗文静只好一下蹦到了墙角。

不管怎样，洞已经打了，她怎么也要查个仔细！她将眼睛使劲凑到洞口，如果这个洞够大，她想她会恨不得将头都伸过去。

怎么只有一个人的脚？

难道老王今晚真的没有带人回来？

罗文静的视线随着老王的脚往屋里移动着。她不断挪动着跪在地上的膝盖，调整着位置，尽量追踪他的脚步，眼睛一刻也不敢离开这个探视孔。

她看到老王的脚走到了桌子边，停了一下，然后转身往床边走去。

他站在床边，好一会儿，脚动了一下，似乎弯了一下腰。就在这个时候，她看到了一样令她热血沸腾的东西！

一只女人的鞋子！

鞋子掉在了地上，就在他的脚边！

接着坠下来的，是衬衣、胸罩、内裤！

罗文静终于明白了，老王是抱着这个女人进的屋，所以她听不到也看不到那个女人的脚！好狡猾的老王！但你再狡猾，也逃不脱我的法眼！这一下看我不逮你个正着！

她心里发着狠，人像发条一样从地上弹了起来，在空中转了几个圈，真有一种中了五百万时的狂喜。

她跑回床上，心里对那个八卦女同事充满了感激，这一招果然好使！

女人的说话声又起，接着是叫床声。

隐约间，似乎还有断断续续的哭泣声。她管不了那么多了，也根本不想再去看，她已经得到了她想要的。

这晚，罗文静又失眠了，是兴奋得睡不着觉。

第二天一早，老王就出去了，她再三确认他房间里的女人没有出门后，悄悄打电话将外出遛弯的胡老太召了回来。

“胡阿姨，胡阿姨，我终于抓到证据了！”她激动地说。

“证据？你抓到什么证据了？”胡老太反问道，“又有啥事？”

“就是那个女人呀！”她解释道，“昨晚我亲眼看到，老王带了个女人回来！”

“哦？是吗？”胡老太一惊，“你真的看见了？”

“绝对没错！”她坚定地说，“你快跟我去看看！”

老王的屋里，跟她们上次进来的时候，基本没有什么两样。

“人呢？你说你看到了那个女人，那人呢？”胡老太问。

“人？人一定是一早走了呀！”罗文静一脸愕然地说。

“怎么走的？”胡老太有些不高兴了，毕竟罗文静三番两次地因为这件事打扰她，“难不成变鸟飞走了？”

“这……”罗文静一时语塞，“可是，我昨晚确实……”

“你真见到了？”胡老太连珠炮似的问道，“她长什么样？多大年纪？穿什么衣服？你又是怎么看见的？”

“这……我……”面对胡老太一连串的问题，罗文静无法回答。

她不能告诉胡老太，她是怎么在墙上钻了个洞偷看的，并且，她看见的只是鞋跟内衣而已，并没有真正看到那个女人的样子。

更重要的是，她知道，不管她说什么，胡老太一定不会相信她！

证据，她需要证据！

都怪她得意忘形过了头，把最重要的东西给落下了。

“小罗，你不会是生病了吧？”胡老太转头问道，“是不是有些发烧？要不要我拿体温计给你量量？”

“我……”罗文静也不知道该说些什么了。

“你们年轻人啊，工作不要太卖力了，搞坏身体怎么办？”胡老太又开始絮叨起来，“你一个女孩子，离乡背井的，又没个人在身边照顾。对了，你有男朋友了没？我认识一个小伙儿……”

罗文静一听，头都大了，感觉自己快疯掉了！

她向胡老太说了声不好意思，就转头离开了。

难道我是真的有病吗？

又或者，真的是见鬼了？

还是一切都是我的幻觉？可是我听到的和见到的又如何解释？她不敢再往下想。

上班后，罗文静将发生的事情跟同事说了说，说完后，她感叹道：“我不会真的是见鬼了吧，难道真的是有个女鬼每个晚上在那里作怪？就在我的隔壁！这是唯一合理的解释！”

“她该不会有一天过来找我吧？或者她已经……”她忍不住打了一个寒战，“可是，我跟人无冤无仇，也没做亏心事，为什么别人不撞见鬼，偏偏是我？”

众同事对她钻孔偷看的“壮举”表示惊诧，都说八卦女太坏，教坏了她，并安慰她这个世界上是没有鬼的。

八卦女不好意思地说：“我昨天本来就是那么随口一说，没想到小罗当真了，不过错有错招，小罗啊，打一个洞看不清，你就不会多打几个？打它十个八个，还怕看不清对面什么状况？”

罗文静拍了一下自己的脑袋，顿时醍醐灌顶。她点头如小鸡啄米般说：“对啊，我怎么就没想到？都怪我一时昏了头，胡思乱想，这么简单的方法竟然一时想不起来。对！我要多打几个洞！我就不信，还真是见鬼了！就算是鬼，我也要看看这个鬼到底长什么样！”

其他同事都劝她作罢，如果实在受不了隔壁老王的“骚扰”，建议她搬走就好了。但是罗文静哪里听得进去，晚上下班回去后，她打开了音乐，调得很大，这样钻起洞来，胡老太就听不到她在房里干什么了。

每打好一个洞，她就立刻查看一下。位置不正确，她就在打下一个洞的时候进行必要的调整。有时候正好对面是衣柜，挡住了视线，她就估算着大概的距离，再挪到其他地方继续钻孔，同时，不断揣测着最佳的偷窥位置。

经过反复调校，这些洞让她越来越能看清对面屋里的几乎每个角落了。

她终于发现，从书柜的最高处打个洞过去，一定可以将对面的情况一览无遗。她数了数，墙上这打出来的一圈窟窿一共有十二个之多。

她站在书柜顶上，书柜离墙大概有二十厘米的距离。这样不至于令她的身体靠墙太近，便于她左手顶住手钻的顶部，右手自如地转动手柄打孔。

这是她钻的第十三个洞了！可能是太过于专注打孔，她竟然没发觉，老王不知什么时候已经回来了。

女人的说话声，以及咿咿呀呀的叫床声，夹杂着些莫名其妙的哭泣声，让她钻起洞来不得不更加小心。

以防他们察觉，她放慢了速度，尽量配合着对面的节奏，一下一下地钻着。

忽然，钻头一松，通了！

罗文静心里一阵狂喜，飞快地拔出钻头，迫不及待地把脸往墙上贴了过去。她凑过一只眼睛，急切地往隔壁屋子里望——一副恐怖怪异的景象几乎是扑面而来！

“啊！”一声没叫出来，手一抖，钻头落地，身体失去平衡，脚下的书柜剧烈地摇晃起来！

她慌了神，面临两种选择：要么任由书柜往她屋子中央倒过去，这会让她摔得很惨；要么想办法让它往墙上倒，这样一定会发出剧烈的撞击声，惊动楼下可能还在看电视的房东胡老太。

来不及多想，为了减轻伤痛，她两腿一使劲，拼命将书柜往墙的方向推过去。

“砰”的一声，书柜砸到了墙上，紧接着“轰”的一声，墙崩塌了，应声往隔壁倒了过去，还捎带上了书柜，捎带上了她。

这一下，摔得罗文静骨头都快散架了。她费力地翻了个身，仰面躺在地上，想喘口气再爬起来。结果映入眼帘的，是一双悬在半空的赤裸双腿。

那是一双长满毛的男人的腿。顺着腿往上，她看到一条吐在嘴外，看上去有半尺长的舌头，再往上是一双暴突出眼眶的眼珠子。男人的脸虽然已经极度扭曲，但她还是一眼就认出了对方。

他就是老王！

老王利用绳索绑在悬吊式风扇上吊自杀了！

“啊！”罗文静忍不住歇斯底里地尖叫了起来。

这时，门外响起来敲门声。胡老太在外面急促地说：“小王，小王，你在吗？刚才那声巨响是怎么回事？”

罗文静感觉自己身体不受控制了，她只是看着老王晃动的身体，完全做不出任何反应。

“小罗你是不是也在里面？”胡老太仍旧喊着，“罗文静，你说话啊，说话啊！”

或许是听到胡老太的呼叫，罗文静突然回过神来。她连滚带爬地来到门前，一边开门，一边哭喊道：“胡阿姨，快报警，老王上吊自杀了！”

“啥？小王上吊自杀了？你说什么胡话呢！”这时候，罗文静爬着开了门，胡老太一瞧，忍不住叫了起来，“哎呀，这是怎么回事啊？我怎么这么倒霉啊，又遇上一桩……”

“小罗，快来一起救人……”说着，胡老太快步走过去想将老王从悬吊式风扇上解下来。

“我……我……”罗文静哪见过这等架势，吓趴在房门角落，瑟瑟发抖。若不是腿软，她早跑出去了。

老王人高马大，胡老太一个人压根就解不下来。她再次催促道：“小罗快来啊，老王或许还有救呢！快过来帮忙！”

罗文静看了看悬吊的老王，又看了看正在忙乎的胡老太，最后还是强忍着恐惧，起身踉踉跄跄地过去帮着胡老太将老王解了下来。

二人将老王放平躺之后，胡老太一边喘着粗气，一边指挥道：“小罗，你快给小王做做人工呼吸和心脏复苏……”

罗文静一脸茫然地说：“我……我不会……”

“很容易的，你对着他的嘴巴，往他口中吹气，然后按他的胸部……”胡老太指了一下老王的胸口，“就是这里。”

面对着昏死的老王，罗文静一时不知如何是好。

“小罗别有顾忌啊，人命关天，救人要紧，我出去打电话叫救护车……”说完，胡老太急匆匆出去了。

罗文静看着半死不活的老王，硬着头皮给他做起了人工呼吸和心脏复苏。

之前，公司做过应急演练，其中有一项就是人工呼吸和心脏复苏，她隐约记得一些要领，没想到这次竟然用上了。

也算老王命不该绝，附近社区医院的救护车赶来了，老王在医院里被抢救了回来。

他茫然地望着天花板："我是不是死了？"

胡老太回道："你没死，幸亏小罗发现得及时，否则你就真的死了。"

胡老太和罗文静围在他的旁边，问他为什么想不开要自杀。

老王哭泣着说："小凡死了，我也不想活了！"

"小凡是谁呀？"胡老太追问道，"是不是就是上次你说的女朋友啊？"

老王没说话，只是继续啜泣着。

"小王啊，你节哀顺变啊。人死不能复生，就算你陪着她去死也于事无补，想开点。你要是这样，我想你女朋友也不会开心的。"胡老太絮絮叨叨地安慰道。

罗文静看着老王一个大男人哭得稀里哗啦，对于他的痴情多了几分敬意，然而接下来他们二人的对话却让她瞬间毛骨悚然起来。

老王稍稍平复了情绪，对胡老太说："小凡就是我女朋友。胡阿姨，你应该认识她的，就是去年租你房子的那个张凡。"

胡老太冷不丁一激灵，脸上倏地垮了下来："她……原来是她啊……"

罗文静侧眼看了看胡老太，感觉事情似乎并不简单。

"小凡是个好姑娘，长得好看，性格又好，可惜年纪轻轻就走了。"说到这里，胡老太看了一眼罗文静，见罗文静在看她，无奈地说，"当时要是我早点发现她在房间里做了傻事，她或许还有救……"

罗文静一听，突然想起来救老王时，胡老太曾说过“我怎么这么倒霉啊，又遇上一桩”，又联想到老王房间里只闻女声不见其人，莫非是老王的这个女友张凡在作祟。

她忍不住打了个寒战，想向老王证实一下，又不敢问，但若是不问，心里堵得难受。踌躇再三，她鼓起勇气说：“老王，有些事我得跟你核实一下啊，可能会勾起你伤心的往事，但是这个问题已经纠缠我很久了。”

老王看了看罗文静，说：“你问吧。”

罗文静应声道：“如有冒犯还请见谅。你女友张凡是在你现在住的那间房里自杀的吗？”

老王点点头说：“是的。今天正好是她一年的忌日，我实在是太想她了，想去那个世界陪她，所以就选择了上吊自杀。”

说到这里，他不禁感慨道：“结果你们救了我。你们不该救我的，让我死了。没有她的日子，我就是一具行尸走肉，活着也没有一点意义。”

其实罗文静刚一问完，她就后悔了。因为无论是哪种结果，对她来说都是坏消息。这时听到老王这么说，她心里更加害怕了。她喃喃自语：“难道我真的见鬼了？”

老王听她这么说反倒立刻来了精神，他追问道：“你的意思是你见到过她，你在哪儿见到她的？”

罗文静一愣。

老王喃喃自语道："我怎么就没见到过呢？我之所以搬进来，就是想再见见她的，哪怕是她的鬼魂……我好想她啊……"

罗文静摇头道："我没见到她，不过你的房里确实总有……奇怪的女声传出，吵得我睡不着觉。我曾经向胡阿姨反映过你的问题，要你注意一点，但是你否认带女人回来；还有我在你房间里看到有女人的衣物……会不会是你女朋友的鬼魂还在那个房间里……"

老王苦笑说："你听到的应该是我之前跟我女朋友的录像，我基本上每天回家都会看我与她的视频。至于你看到的那些女人衣物，是她的没错，那是我留下做纪念之用，没事的时候，我会拿出来看看。"

"哦，原来是这样。"罗文静松了一口气。

见事情"真相大白"了，一旁的胡老太催促道："好了好了，现在事情总算说开了。小罗，你以后别再多想啦。"

她转头又安慰道："小王呢，你也看开点吧。谁不想让自己爱的人开心快乐地过活呢！我想小凡也希望你能活得更好的。听阿姨的话，别再做傻事了，咱们好好的。"

就在这时，我发微信给罗文静询问我那篇稿子的事情，于是她借口出了病房，在医院楼梯间跟我说了说连日来发生的事情。

听完之后，我有些傻眼。隔壁老王为情所困想殉情，我能理解，但罗文静听信同事的话买电钻钻孔偷窥，对于这种解决事情的手段，我真是有些瞠目结舌。不过好在没出什么娄子，我跟她说："看来这个老王也是个痴情种啊，这年头像他这样的人不多见了。话说隔壁女声之谜这次总算弄清楚了，你也算解脱了，以后安心过日子吧，别疑神疑鬼了。”

“话虽如此，不过吧，我其实内心还是有疑问的。”罗文静冷静地说，“按照老王的说法，我听到的是他拍摄与他女朋友的视频，通常来说，这种视频应该是日常的对话场景吧，为什么我每晚听到的都是二人颠龙倒凤的声音呢？”

“这个……这个其实也好理解。”我解释道，“或许老王看的是他跟女友二人激情之事拍下来的视频呢。有些人……呃……你懂的。”

这样的来访者，我是接待过，但是不方便对她明说，再说跟一个女孩子细致讨论这些也不妥。

“你说得也有道理。”罗文静若有所思地说，“可是我看老王挺老实的，不像那种变态的人呀！”

我不想跟她继续探讨下去，岔开话题说：“好了，你就别胡思乱想了，今天你也累一天了，早点回去休息吧，明天还要上班呢。”

“我不回去了。”罗文静叹息道。

“为啥？”我一惊。

“我怕！”罗文静理直气壮地说。

“你怕啥？”我回道，“隔壁老王的女声之谜不是已经解开了吗？！”

“但我还是怕呀，一想到隔壁有人上吊自杀过，我就浑身起鸡皮疙瘩。”罗文静无奈地说，“我打算先到女同事那儿借住几天，找到新住处后就马上搬家！”

“这样也好吧。”我听她的意思，已经是下定了决心，“你一个女孩子多多注意吧，早点找到新住处早点搬家，省得以后又出什么幺蛾子。”

隔壁有人自杀过，别说她一个女孩子，就算是一般的男生也不免有些胆怯，她选择搬离无疑是最好的选择。

几天后，罗文静找到了新的住处，从胡老太那儿搬走了。

她搬家那天，特意给我打了电话，说新家是同事帮忙找的，各方面条件挺不错的。

事情到了这里，我想罗文静连日来所遇到的种种，应该画上句号了吧。随后忙于工作，我没怎么联系过她。

半个多月后的一天，我无意中路过他们杂志社，就想上楼看看她，结果发现整件事情还没完。

第五章

那天下午，我回访一名咨客完毕之后往回走。

路过首都红太阳大厦的时候，我突然想起罗文静的杂志社就在楼上。认识她已经有大半年了，我们还从来没有见过，既然都到人家楼下了，不如上去拜访一下。

于是，我给她打了电话。

电话响了好一阵子才被接通，罗文静在那边有气无力地问："你好，哪位？"

"是小罗吧？"我笑笑道，"我是欧阳子瑜啊！"

"原来是子瑜啊，今天太阳打西边出来了啊，你居然会打电话给我，平常躲我还来不及呢，不怕我催稿啦？"一听是我，罗文静语带喜悦地说。

"前不久不是才交了稿子吗？别吓我哟。我这个人胆子小。"我呵呵一笑说，"我今天是外出办事，正好路过你们杂志社。我心想着要不上来拜访一下，感谢你这半年来对我的照顾和提携。"

"哎哟，你为什么不提前跟我说啊，我现在不在公司！"罗文静解释道。

"看来今天真不凑巧啊。"我淡淡地说，"没事，我改天再来拜访。"

"别啊，咱们认识大半年了呢，还从来没见过面呢，今天好不容易有这个机会。"罗文静似乎非常想要见面，"子瑜，你可以等我半小时吗？我现在人在雍和宫，打车回去估计得半小时左右。"

她人在外面，估计做什么采访去了，我可不能耽误人家的正事。我忙说："要是有事，你先忙你的，我改天再来也一样的。"

"我也没啥事，就是过来烧了个香。"罗文静语带无奈地说，"现在已经烧好了，正好也准备回去了。"

“烧香？你烧香干啥？”我好奇地问了一句。

“唉，一言难尽啊！”罗文静语出惊人，“子瑜，我估计是被张凡的鬼魂缠上了！”

“张凡？”我立刻想到了半个多月前，罗文静提到的隔壁老王的事情，“你是说原先你隔壁老王那个上吊自杀的女友？！”

“对，就是她！”罗文静愤恨地说。

“这到底是怎么一回事啊？隔壁老王女声之谜不是已经澄清了吗？”我也感觉很疑惑，“况且，你已经搬走了，怎么又跟之前的事情搅和在一起了呢？”

“我也不知道啊，从胡老太那边搬走之后，我以为从此可以高枕无忧了，结果到新住处没几天，我晚上又听到那个奇怪的女声了。”罗文静语带恐惧地说，“这次不是在隔壁了，而是一直在我房间里飘荡……”

“怎么可能？”我当然不相信，“是不是你精神压力太大导致你听错了啊，或者又是隔壁传来的声音？”

“一连好几晚了呢，我听得真真切切。”罗文静解释道，“我现在住的地方是一个独栋别墅，是我一个出国的作者借给我住的。邻居们都相隔很远，不可能是从隔壁传来的，而且那声音跟之前我在胡老太那儿住时隔壁老王房间传来的女声一模一样。”

我也不知道如何回应。

“这样吧，电话里说不清楚，我们当面聊吧。”罗文静提议道，

“你先到我们公司楼下的星巴克咖啡等我，我一会儿就到。”

“好的。”

结束通话后，我径直去了星巴克咖啡，点了一杯拿铁，然后选了一个靠窗的座位，一边喝着咖啡，一边想着罗文静的事情。

从她处理隔壁老王的“骚扰”事件来看，她真是个不按常规出牌的人，性格倔强且多疑。出于职业的敏感，我想她所谓的“见鬼”，很有可能问题就出在她自己身上，估计是患有幻听或是类似的心理疾患。

我正想得出神，突然耳边传来清脆悦耳的声音：“子瑜，抱歉抱歉，让你久等了。”

我抬头一看，发现罗文静不知道什么时候已经站在我的身旁。

我之前曾在朋友圈见过她的照片。她虽然长着一张路人脸，但有一股文艺而忧郁的气质，让人过目不忘。

“我也是才刚坐了一会儿，你来得好快啊！”我招呼她坐下，接着问，“你喝点什么？我去给你点！”

“谢谢，不用了，我在楼下已经点过了。”罗文静微微一笑说。

她话音刚落，服务生已经端着一些小点心和一杯摩卡过来了。

虽然这是第一次见面，但因我们早已相熟，之前就在网上没事开开玩笑，胡乱打趣，与现实中的朋友别无二样。相互客套了几句之后，我们直入主题。

“到底怎么回事？你不是已经搬离胡老太那儿了吗？怎么还会听

到什么奇怪的女声啊？”我追问道。

“我也不知道啊。”罗文静眉头微皱，一脸无奈地说，“老王出事之后，我就去同事家借住了几天，然后开始找新的住处。也算巧，我的另外一个作者，正要出国深造一年多，当她得知我正在找房子，就将她的别墅借给我住，顺便帮她看房子。我一听自然很高兴，第二天就从胡老太那儿拿了行李搬了进去。”

罗文静喝了一口咖啡，继续道：“前两天一切都很好，第三天晚上开始，我几乎是每晚都被一个奇怪的声响惊醒。”

“奇怪声响？”

“没错，像是‘叮咚’一声，很短但是很清脆，让人冷不丁地就会清醒过来。”罗文静描述道。

“醒来之后呢？”我又问。

“醒来后，我就看到身上坐着一个闪着白光的女人，我浑身上下像触电一般，想叫叫不出来，想动也动不了，甚至连闭上眼睛都不行，只能眼睁睁看着她，直到她消失不见，我的手脚方才恢复原样……”

说到这里，罗文静脸色有些发白。她稍稍平复了情绪，继续道：“我知道我是鬼压床了。但是一直都是那个女人，这让我不得不想到张凡。从胡老太那儿搬家那天我说了一些不该说的话，估计是冲撞了张凡吧，以致她阴魂不散地缠上了我，所以今天我才会去雍和宫烧香！”

“怎么又跟张凡扯上关系了？那天胡老太跟你说了些什么啊？”她所谓的“冲撞”不用说肯定是无稽之谈，但为了厘清整件事情的前因后果，我觉得还是很有必要知道那天发生的事情——心理咨询师做久了，哪怕是跟普通朋友一起聊天，有时候我也会无意识地将做心理咨询时的那一套搬上来。

“唉，都怪我多嘴啊！”罗文静有些懊悔地开始讲述那天她搬家的情形，“当听说那个作者的家是一个独栋别墅时，我非常开心。隔壁老王的事情，说真的，弄得我都有些心理阴影了，真有些不敢跟人合租了，但又没那么多钱自己单独整租一套房。因此，从那个作者手上拿到别墅钥匙后，我就马上打电话知会了胡老太我要搬走的消息。胡老太是个明事理的人，知道在这件事上她理亏，同意我搬走，并将剩下的房租全部退还给我……”

罗文静回忆，搬家那天，胡老太过来帮忙收拾行李，嘴里一直不好意思地说着：“小罗啊，你也别怪阿姨没跟你说这里以前死过人的事。搁到谁身上，这也不是什么值得宣扬的事啊。我这房还怎么租？”

罗文静见胡老太这么说，又想自己要搬走了，没必要再责备她，便说：“我明白您的苦衷，我也不怪您。您也不容易。”

胡老太连连点头，说：“小罗啊，你是个好租客，这点阿姨没的说，谢谢你理解阿姨。”

然后她又感叹道：“我们以前在这儿住得好好的，怎么这一改建之后就出这么多事呢？我也不想再出租了，拆迁办我也不跟他们耗下去了。拆吧，拆吧，都拆了吧，早拆了早好。”

罗文静一听胡老太的房子不对外出租了，好奇地问道：“老王也搬走了？”

胡老太点点头。

听闻老王搬走，罗文静淡淡地说：“那天他给我打了个电话，说感谢我的救命之恩，还约我去吃饭，我当时没时间就推了。其实，老王实在要感谢的话，最应该感谢的是您。那天我彻底吓蒙了，若不是您招呼我救人，我早就吓跑了……”

“呵呵，也算他命不该绝。他在医院观察了两天就出院了，出院回来后第二天就搬走了。临走时说对不起我，给我惹了这么大的麻烦，连押金都没要就走了。”胡老太感叹道，“小王这小伙子，你别说，还真不错。可惜遇人不淑啊，痴情错付了人！”

“你什么意思？”罗文静感觉她话里有话。

“就是那个张凡，看上去清纯可人，其实背地里淫荡得很呢！”胡老太一边将罗文静的衣物装箱，一边如是说。

罗文静闻言一怔，停下手上的活儿，看着胡老太说：“不是吧，阿姨，上次在医院里，你可不是这么说张凡的，你夸她长得好看，性格又好什么的！”

胡老太轻哼了一声：“小王当时那情形，你又不是没看到，要死要活的。我若当时告诉他张凡的真面目他会听吗，所以瞎夸了她几句。后来他情绪稳定了，我才告诉他真相，不然的话，小王那么痴情怎么可能会放弃自杀呢！”

“那个张凡到底是咋样的一个人啊？”罗文静彻底被胡老太勾起了好奇心。

“她啊，就是一个表面清纯脱俗，背后却善用心计的女人。”胡老太冷笑了一声说，“一年前，她租住了进来。租房时，我问她是干什么的，她说是一家科技公司的职员，但搬进来后，我却从来没见过她像其他上班族那样朝九晚五过，反而是每天傍晚六七点钟时出门，直到第二天早上五六点钟才回来，一进门就浑身酒气。”

“您问她了？”

“我问了她，她含糊其词地说公司装修，只能晚上加班。我当然知道她在骗人，后来就偷偷跟她出去了，这才知道她是在夜总会上班。”

“在夜总会上班？”

“没错，我知道了自然很不高兴。若是租房时知道她在夜总会上班，我肯定不会租给她，但现在她钱也交了，人也搬进来了，我也不好赶她走。谁和钱过不去呢。”胡老太回忆道，“就让她住着吧，反正影响也不大，后来我才觉得我的决定错了，应该早点将她赶走！”

“在夜总会上班也没什么的，就是作息与正常上班族不一样而已。”罗文静淡淡地说，“看样子她就是个陪酒的姑娘吧。”

“我当时也是这么想的，结果你猜怎么着，她竟然带其他男人回来睡觉，并且还是不同的男人！”胡老太越说越气，“这不是把我这儿当成窑子了嘛，我又不是老鸨！”

“你提醒她了？”

“起初说了她几次，她没听，最后我下通牒，如果她再带男人回来，就要她滚蛋，她这才收敛。”胡老太此刻回忆起来，依然咬牙切齿的，可想而知，她当时气成了什么样，“不过后面更大的麻烦找上门了……”

罗文静见胡老太气完后，还不吭声，催促道：“后来又怎么了啦？阿姨，你别吊我的胃口嘛，能不能一口气说完啊！”

“这故事可精彩了。”胡老太端起保温杯喝了一口茶，感叹道，“后来她好像插足别人的婚姻了吧。有个姓李的女人找上门，说她是小三，勾引男人，在楼下骂她。她也不是省油的灯，在楼上跟那女人对骂。两人越骂越狠，楼下的女人气不过，冲了上来跟她厮打起来。我在一旁劝架，却被她们推倒在地。最后没法，只好报警。”

“后来呢？”

“警察来了，问清缘由后，教育了她们一番就走了。”胡老太无奈地说，“发生了这样的事情，于情于理，我都不能再让她住下去了，就要她搬走。她同意了，要我宽限她几天让她好去找房子，我答应了她的要求。”

“但是她却在这几天里自杀了？”罗文静似乎猜出了结果。

“是啊，那天晚上她没去上班，把自己关在房间里，打了好久的电话，哭了一整晚。第二天我见她一直没出门，怕她出事，就上去敲门，半天没动静，于是拿了备用钥匙开了门，结果发现她上吊自杀了，尸体都已经凉透了……”说到这里，胡老太不禁悲从中来，“唉，一个年轻生命就这样没了！其实回想起来吧，我也有责任，当初要是我不逼她走，或者早点发现事情不对劲，也就不会发生这样的悲剧了吧！”

“阿姨，你也别这么想。这事怪不了你，像她这样的完全是咎由自取。好好的，做点啥不好，非得去坐台，当小三……这不是活……”“该”字还没说，罗文静突然想到张凡就是在隔壁屋上吊自杀的，打了个哆嗦，顿了一下，话题一转，“不过她人都已经走了。死者为大，咱们就不多说她的是非了。”

说到这里，罗文静跟我说：“我想应该就是那时候说错了话，冲撞了张凡吧，以致她阴魂不散纠缠上我了！”

我微微颔首说：“我很理解你现在的想法和做法，换作任何人遇到你这样的情况估计也会像你这样。”

罗文静感慨地喝了口咖啡。

我继续道：“不瞒你说，我之前也遭遇过类似事件。那时候我跟朋友合租了一个三室一厅的房子，刚刚搬进去没多久，朋友因事出国了。为了分摊房租，我就另外又招租了两名室友，一个姓张，一个姓王。那个姓王的非常奇怪，自从搬来的那天见过他一面之后，就再也没有见过他。一开始我以为是我们作息不同，我下班的时候，他上班了，他下班的时候，我上班去了。他似乎从来没有休息日，周末我也见不着他，他像故意躲着我似的。我心里非常纳闷，想尽各种办法，整夜在家等他回来，在门口安装摄像头，找借口约他见面，但是从来没成功过，他活像一个幽灵租客一般。”

“啊，竟然有这样的事情。那后来怎样了？”罗文静追问道。

“当时我也吓坏了，以为自己见鬼了呢。后来才知道原来是那两个室友为了调查所谓‘白领抗压能力’合伙搞的一场实验，我不幸沦为他们的‘小白鼠’。他们在屋里各个房间都安装了针孔探头，监视着我的一举一动！”我耸肩无奈地说。

罗文静撇撇嘴说：“我去，这些人可真无聊啊！”

“可不是嘛，但更可怕的是真相大白后，我却患上了‘被迫害妄想症’，整天疑神疑鬼，总觉得有人在监视我，并有了幻觉，惶惶不可终日。”我回忆道，“后来我搬走之后，在朋友的照料下，两三个月后才恢复正常。现在回想起那段时间，依然觉得毛骨悚然。人啊，有时候自己吓自己胜过别人吓自己。”

“听了你的经历，我在想啊……”罗文静思忖了片刻，“子瑜，你说我这事，会不会也是我自己吓自己呢？”

“很有可能哟，你最近工作忙吗？”我开始进入心理咨询师角色，“工作和人际关系压力大吗？”

“当然忙啊，忙得天昏地暗的。”罗文静一脸无奈地说，“你也知道，我是职场新人，去年才刚刚毕业。我虽然是学会计专业的，但是我很喜欢编辑工作，从小我就有当编辑的梦想。最近我们杂志实行末位淘汰制，我手上作者有限，为了上稿率，我不得不到处物色作者，有时候不得不自己撰稿，每天都压力巨大，有时候吃助眠药也不管用。”

“我之所以搬到胡老太那儿住，也是为了加班回家近。”罗文静感叹道，“我之前住在五环外呢，加班到十点的话，回去就凌晨了。时间太晚，也非常不安全。”

“嗯，你们杂志社的末位淘汰制是从老王搬进来时实施的吧？”我推测道，“啤酒女在时这个制度尚未开始吧？”

“现在想来，还真是这样。”罗文静想了想说，“之前我们杂志社的制度还算宽松，没有所谓的上稿率。现在想想，还是当时的日子美好啊！”

“啤酒女在的时候，你可曾听到隔壁有什么奇怪的声响？”我追问道。

“没有，不过那时我时常在睡梦中被外面的施工地突如其来的巨响惊醒。”说起当时被惊醒的事情，罗文静仍旧有些气，“可烦了，醒来后耳朵里还嗡嗡作响呢。”

“你说你在睡梦中被巨响惊醒？”我眼睛一亮，忙追问，“你确定那声音是从外面的施工地传来的吗？”

“应该是吧。胡老太那儿附近正在建大楼，听她说她家也在拆迁范围之内。她为了多拿补偿金，去年临时在她原先的小平房基础上加盖了二楼。”罗文静解释道，“为了赶进度，那帮施工队不分昼夜地赶工，那巨响不用说肯定是他们那边传来的！”

“老王搬进来后，你晚上可还曾听到那突如其来的巨响？”我又问道。

“也有吧，本来想去投诉来着，但后来老听到隔壁传出来奇怪的女声，这个比那个噪声更要命，也就耽搁了。”罗文静回忆道。

“那你搬到新住处后，还有听到这种声响吗？”

罗文静摇头道：“没有了。”

我换了个舒适的坐姿，胸有成竹地说：“嗯，我知道了。听你说了这么多，依我的职业经验来看，我想你很有可能患上了‘爆炸头综合征’。”

“职业经验？”罗文静好奇地看着我，“子瑜你是做什么的啊？”

“实不相瞒，我是一名心理咨询师，这是我的名片。”说着，我从口袋里摸出一张名片递给了她。

“真没想到……”罗文静接过一看后，惊讶得差点连下巴都掉下来了，“子瑜，没想到你真是一名心理咨询师啊！”

我整了整衣领，故作严肃样，板着脸说：“我难道不像吗？”

“当然不像啊，你这么年轻，跟个大男孩似的，一点都不像个心理咨询师！”罗文静感慨道。

“那你印象中的心理咨询师是什么样的？”我笑笑问道。

“心理咨询师不应该都是穿着个白大褂，端着个泡有枸杞保温杯的中年男子吗？”罗文静莞尔一笑。

“哈哈哈，看来你被电影电视误导很深啊。不过也正常，那装扮符合普通人对心理咨询师成熟稳重的期待。”我回以微笑，“其实现实生活中，有许多像我这样年轻的心理咨询师啦！”

“哦哦哦，当真是隔行如隔山啊，看来我是孤陋寡闻喽。”罗文静话锋一转，“对了，你刚才说我很有可能患了什么爆炸头什么的，是什么病症啊？”

我一改之前的轻松语态，一本正经地说：“爆炸头综合征是一种睡眠障碍。患此症状的人，在睡觉时或者入睡前，突然听到‘砰’的一声爆炸声，或者其他的巨大声响，醒来后却发现声响根本不存在。由于发生这种现象时，睡在身边的人丝毫没有察觉，大多数人会以为这只是自己的幻觉，很少向人提及。”

罗文静若有所悟地说：“原来是这样，那么爆炸头综合征是不是还会伴随着鬼压床啊？”

“你那个不是鬼压床，而是爆炸头综合征的症状之一。”我解释道，“患有此症的人，不仅会听到诡异的巨响，还会看到不明的闪光，这时候会出现胸痛、心悸的表现，或感觉到从脚到头有一股异样电流经过。这些奇特体验，致使有些人以为是被外星人绑架了，巨响响起来的那一刹那，外星人绑架了他，并使得自己全身动弹不得，然后身体或者大脑被植入了什么东西或被某种新式武器击中了，所以体内会有一股电流通过的感觉，眼前会有明亮的闪光；而另一些人则以为是经历着鬼压床。”

“听起来还挺可怕的。”罗文静自顾自说道。

“曾有这样的案例，有一位女士晚上总是做噩梦，总感觉有什么东西压住了她的胸口，醒来后，她浑身动弹不得，耳边不断听到有人在低语着要杀了她，可把她吓坏了！”

“那这种病症如何治疗啊？”

“这你倒是问倒我了……”我有点不好意思地说，“现在并没有什么办法或者药物能治愈这种病症。不过，爆炸头综合征患者通常是由于焦虑和极端压力才患病的，刚刚你也说了，最近你们杂志社实行了末位淘汰制，你的压力很大，一直都是超负荷工作，精神极度紧张，以致患了此症。只要你劳逸结合，放松自己，最好是请个十天半个月的假期，好好出去玩一阵子，我想应该会有良好的改善。”

“说实话，我最近的确有些累。为了争上稿率第一，没日没夜地工作，有时候都感觉自己支持不下去了。”罗文静无奈地耸耸肩，“新上任的主编，也不知道从哪儿学了这个末位淘汰制，真是太没人性了！同事竞稿后，我们关系明显没有之前那么友好了。办公室里整天气氛剑拔弩张，闷得跟个大蒸锅似的。”

我一笑说：“新官上任三把火嘛！不放几把火出来，怕是管不住你们。再者，末位淘汰制其实没那么可怕啦，上有政策下有对策嘛。

你跟竞稿的同事们私下沟通一下嘛，稿子相互借借，大家均衡一下，这样就没有所谓的第一，也没有所谓的最后一名。大家都能愉快地完成任务，也不伤和气！”

罗文静向我竖了个大拇指：“对呀，我们同事私下相互借借稿，不就可以避免竞争了嘛。子瑜，你真是太牛了，等下回去，我就跟同事们说说，我觉得这招靠谱！”

罗文静回去之后，与同事们暗地里达成了借稿协议，然后请了五天年假，接上前后两个周末，凑了九天长假去日本玩了一圈。

回来之后，她打电话告诉我，每天晚上都睡得很踏实，没有再听到过任何巨响，也没有再遇到鬼压床或者看见那个疑似张凡的女人了，她的爆炸头综合征就这样被治愈了。

NO.02

一夜之间
突然丧失语言能力

▲

案例编号：120535383			
姓名	小永	职业	学生
性别	男	婚姻	未婚
年龄	10	住址	北京朝阳区
症状情况	好好的一个人，突然一夜之间丧失了语言能力，只会叽里咕噜说些谁也听不懂的怪声		
治疗结果	成功		

第一章

我们心理咨询中心有一次与某国外机构进行交流合作，因此，我有了一个前往挪威奥斯陆高士塔精神专科医院学习的机会。

高士塔是一所开了一百多年的欧洲医院，接治过许多奇怪的心理疾病，每年均有不少各国专家来此进修。我在高士塔陆陆续续地学习了半年，其间结识了许多朋友，天南海北，大谈特谈，其中与来自广西的法医朱明川最为谈得来。

朱法医原本是医生，20 世纪 80 年代中国法医紧缺，所以他就转了行。如今他已经退休了，但他一直与时俱进，又学了两门外语，专门研习犯罪心理学。

在与他的交往中，我受益良多，但是让我没想到的是，这么一个厉害的人居然也会有拜托我的时候。那是我在高士塔学习的第一阶段结束，正要回国的前一天晚上，朱法医来到我的住宿处给我送行，临了，他说有件事想拜托我。

像他这样的牛人要请我帮忙，我自然感到意外和欣喜，忙说：“朱老，您别客气，有什么需要我做的您尽管吩咐。”

“是这样的，今天上午我接到外甥女的国际长途电话，她说她孩子最近有些不对劲，疑似心理有点问题，想要我给她推荐个心理专家看看。”朱明川嘱托道，“我正着急呢，刚好你要回去，你顺便帮我看看吧。”

“当然没问题了。”我连连点头，“您那外甥女在哪儿？在电话里说她孩子哪里不对劲了吗？”

“她也在北京，具体什么情况她没有详细讲，只是简单说她孩子逐渐丧失语言能力。”

“丧失语言能力？”

“不是那种嘴里说不出话。”朱明川解释说，“而是说出来的话谁也听不懂，叽里咕噜的，像说外星语一样。去了好几家医院都束手无策，怀疑是心理问题。”

“哦，这样啊，没问题。”我应声道，“回去之后，我就办。”

“那就多谢了。你回去之后，我就要她带着孩子去你们中心找你。”

回国后，姨妈给我放了几天假，让我好好休息。

结果休息了没两天，张哥就像催命一样叫我赶紧回中心一趟。我懒洋洋地躺在床上问：“怎么了？我的假还没休完呢！”

张哥在那头没好气地说："有个女人带着一个孩子，点名要找你！"

"孩子？"我一惊。

"臭小子，老实交代，是不是在外面欠了风流债，现在人家回来找你了！"

"没有啊，我哪像你那么花心，处处留情啊！"我一头雾水，"那女人有没有说找我什么事啊？"

"没有。我问过她多次找你干吗，她不肯说，只是一个劲地要等你来！她的样子看上去又不像是来做心理咨询的。"张哥狐疑地问我，"臭小子，真的不是你在外面乱搞种下的孽缘？那孩子长得确实和你有几分相像。"

"当然不是了。这两年我一直被你强迫着跟你住在一起，上下班也是一起去一起回的，好不容易到了周末终于有点自由时间了，你又逼着我全屋大扫除。这一天天的时间都被你压榨掉了，我哪有空去谈恋爱啊！"一想到这，我就来气，愤愤不平地说。

"那孩子看样子十来岁，肯定是你以前干的好事！"张哥似乎还是不信，叫嚣着说，"让人家珠胎暗结，然后又甩了她，现在人家带着孩子过来认爹了。"

"得了吧，十年前，那时候我还是个未成年的孩子呢。"我哭笑不得，"我的哥，你不去当作家真是白浪费一个人才。"

张哥听了我这话，口气稍微缓和了一下，不过依然冷哼了一声：

“谁知道你这臭小子是不是早熟呢，好了，赶紧过来吧！”

我应了一声，挂了电话，满腹疑惑地想究竟是谁找我，当我的目光无意中落在从挪威带回来送给张哥的呢子围巾上时，突然想到了朱明川。我拍了自己脑袋一下，怎么忘了他的委托了呢！

那带孩子的女人肯定就是他的外甥女！

我连忙出了门，去了单位。

到了中心后，我一进办公室，就看到张哥跟一个带着小男孩的年轻妈妈坐在沙发上聊天。

张哥见了我，站了起来，笑着说：“子瑜，你终于来了，这位女士可等你老半天了。”

虽然他脸上挂着笑容，但是眼带杀气，说话的语气也怪怪的，看来他还在瞎想。

我连忙走到那位年轻妈妈跟前，问道：“你好，我是欧阳子瑜，请问你是朱老的外甥女吗？”

年轻妈妈也站了起来，点头回道：“没错，我叫白慧。朱明川是我舅舅，是他要我来找你的。”

我摆摆手说：“我这记性啊是真不好，刚刚回国就把这事给忘了。”

白慧不好意思地说：“你刚刚回来，我就找上门了，真是对不起，打扰了！”

说着，她对着身边的小男孩说：“小永，起来，跟叔叔打个招呼。”

那个叫小永的男孩，乖巧地站了起来，冲着我直鞠躬。这孩子头圆圆的，眼睛虽小，但是骨碌碌地转个不停，长着一副机灵样，很讨人喜欢，一点也看不出来有什么问题。

白慧虽然脸上略带倦容，但是打扮简约时尚，依然光彩照人，也难怪张哥会瞎想了。

“来，快坐，咱们坐下说。”我招呼他们母子坐下后，转头向张哥解释说，“张哥，还记得前两天我说过朱明川朱法医和他拜托我的事吧。”

“我想起来了，原来是这么回事啊！”张哥爽朗一笑，扭头向白慧说，“白女士，你应该早点跟我说你是朱老的亲戚，我虽然未见过他老人家，但是久仰已久，刚才真是怠慢了。”

“哪里，你招待得很好。”白慧笑笑说，“我刚才之所以没说明来意，是因为我也不知道该如何说起。真是抱歉，我的做法也欠妥。”

“好了好了，大家就都别客气了，也不是外人。子瑜来了，你们好好聊聊吧，我还有事，就先走了。”见事情说开了，张哥找了个借口开心地走了。临走之时，他拍了拍我的肩膀，示意我好好干。

张哥走后，白慧看着我，微笑着说：“欧阳心理师，看来这个张心理师对你很关心啊。刚才一直在套我的话，我想他一定是误会我是你的情人了吧，以为我上来找你麻烦的。”

闻言，我有些发窘，干咳了一声说：“不好意思，让你见笑了。

这个张心理师是我的师傅，也是我的搭档，平日里呢，对我也非常照顾。如果他有什么地方冒犯了你，我在这里向你道歉了。”

“他人很不错，言行举止都很体贴，并没有冒犯到我，我只觉得你们俩……”她欲言又止，但笑容却别有深意，“挺有意思的！”

说这话的时候，她的笑声明显有些异样。

我心中暗暗叹气，以后真得跟张哥保持点距离了，连第一次见面的人都会误会我们关系不一般，这明显表示我和他之间过于亲密了。

“是吧。”我假装没听懂，将话题引到正事上说，“白女士，我听朱老说，小永好像正在逐渐丧失说话能力？”

白慧侧眼看了看儿子。

“你能说一下基本情况吗？”

“欧阳心理师，你跟他说说话，你就知道了。”白慧说完，转头看着小永说，“小永，张口叫叔叔。”

小永点点头，对着我说：“叽里咕噜。”

我尚未反应过来，问道：“什么？你在说什么？”

“叽里咕噜。”小永重复了一声，“叽里咕噜。”

一旁的白慧叹了口气，介绍道：“他是在叫叔叔。”

我一愣：“叫叔叔？”

白慧解释说：“我家小永似乎已经忘记怎么说中文了，嘴里只会‘叽里咕噜’说一大堆奇怪的话，我也是连猜带蒙来明白他的意思。”

原来如此，我心中暗暗称奇。

见他口音如此奇怪，我就想多试验几次。我跟小永说："小永，你能不能告诉叔叔，你今年多大了？在哪儿上学？现在上几年级了？"

小永即刻回答道："叽里咕噜叽里咕噜……叽里咕噜叽里咕噜……叽里咕噜叽里咕噜……"

小永的语调很奇怪，又长又嗲，听起来像是泰语，夹杂着一种奇怪的口音。于是我要他慢慢地再说一遍，小永照做，但遗憾的是我依然没有听懂一句。

我知道再这么说下去也不会有结果，便暂时按下与小永的对话，转而问白慧："小永说话的方式听起来像是泰语，他是不是之前学过这方面的语言啊？"

"这个确实没有，不过我们老家是广西的，那里属于壮族自治区，壮语跟泰语有些话很相似，虽然我们是汉族，但是耳濡目染，基本上也会一些简单的壮语，但他说的不是壮语。"白慧解释道，"我也找了泰语老师了解过，小永说的不是泰语，只是不懂泰语的听起来很像而已。"

"嗯，小永之前说话一切正常是吧？"我问道，"我是说这些年，他说话没有出现过什么问题吧？"

"对，完全正常。"白慧点点头说，"小永说话早，八个月就会说话了，虽然我们夫妻俩都不是北京人，但因为小永从小就在北京长大、上学，所以普通话很标准也很流利，并且口语表达能力非常强，从幼儿园到小学朗读比赛一直都是班上第一。”

“那他是从什么时候开始变成这样的？”

“三个月前。”白慧脱口而出。

“他是怎么突然变成这样的？”我紧跟着问，“有什么前兆吗，或者说突发情况？”

“这话说起来估计有点长。”白慧一脸愁容地说。

“不急，你慢慢说，越详细越好。”我拿出小本子，适时地做些记录。

“事情要从放暑假开始说起来。”白慧回忆道，“刚才我说过，我们并非北京人，我和我老公都是广西人，小永目前上小学五年级。我们有个惯例，每年暑假寒假都会将他带回广西老家，让他乡下的爷爷奶奶代为照顾。今年的暑假自然也不例外，放假第二天，我就将小永送去老家了……”

第二章

白慧说，新学期开学之时，她将小永从老家接回北京，然后该上学的上学，该上班的上班，生活一切如故。

他们一家三口，虽然日子过得并不是大富大贵，但和和睦睦、相亲相爱，也算安稳幸福，她非常知足。

然而，这一切因小永班主任黄仁爱的一句话给打破了。

那天，白慧像往常一样，去学校接小永回家。刚到学校就看到小永班主任黄仁爱老师拉着小永的手站在门口，一般送学生的都是值班的任课老师，班主任黄仁爱甚少出马。见如此阵仗，她心里一沉，忙迎了上去打招呼。

她跟他寒暄了几句之后，问道："黄老师，我家小永今天是不是不听话，惹事了？"

闻言，黄老师忙摆摆手："这倒没有，小永很听话的，在课业表现上也不错，就是感觉他好像有些不对劲。"

"有什么不对劲呢？"

"小永妈妈，小永最近是不是生病了？"

"没有啊，他没生病啊。这两天一直好好的呀。"白慧摇头说，"黄老师，小永到底怎么了？"

"哦，那估计是我多心了。"黄老师嘴上虽然这么说，但表情还是略有些严肃，"不过，小永已经连续发生两次奇怪的情况了，我想我有义务跟你说一下。"

黄老师转头对小永说："你回教室将教案拿过来。"见孩子走远了，他才继续说，"下午我给孩子们上课，一进教室门，班长喊了一声'起立'，孩子们纷纷站起，不约而同叫'老师好'，我回了一句'同学们好'，但话音还没落下，本来一直站得直直的小永突然像一摊烂泥一般倒下了，把我们吓了一大跳。我忙跑了过去，发现他晕过去了。”

“晕倒了？”白慧的心也跟着悬了起来。

“我叫了他两声，他没动静，正想抱着他去学校的医护室里看看，这时候他悠悠地醒过来了。我问他还好吧，他说他很好，我又问他是不是病了，他说他没病。我说既然你没病，那刚才为什么晕倒了，他说他也不知道。”黄老师稍稍停顿，“安全起见，随后我带着他去了医护室，校医给他看了看，没有发现什么问题。小永不发烧也非感冒，怀疑是低血糖引起的，给了他一块巧克力。小永吃着巧克力，与其他小朋友玩去了，整个下午他都很好，没有再出现任何异常反应。”

“那我明天带他去医院做一个全面检查。”白慧说道。

“不过我心里还是一直有些忐忑不安。”黄老师面色凝重地说，“想到前不久小永身上还发生过一件更奇怪的事情，所以打算今天放学后，等你来接小永的时候，和你好好谈谈。”

白慧听到小永突然晕倒已经觉得揪心了，黄老师又说他还有一件更奇怪的事情，她心里有些慌了，忙追问：“黄老师，小永身上还发生过什么奇怪的事情啊，是不是很严重？”

“小永妈妈，你别急，那天发生的事情并非小永晕倒或者受伤，只是他好好地突然说些奇怪的语言，显得异常奇怪而已。”黄老师先宽慰了一下白慧，然后进入正题，“那天下午快下课时，为了加深孩子们的印象，我叫了小永为大家朗读新教的课文。你家小永朗读水平是全班最好的，基本上每次朗读，我都要他带头。当天他也没让我失望，朗读得非常好。”

说到这里，黄老师看了看白慧，继续道：“可是他读着读着，突然语调变了一个样，嘴里说着一堆莫名其妙的话语，听起来像是泰语，但又不像。我起初以为他是故意的，但看他的样子非常认真，一点也不像是在搞怪。小永当时的情形就像是《哈利·波特与密室》中哈利在众人面前说着蛇语，自己却全然不知的模样，看得我都有些毛骨悚然了。”

白慧听着也是一阵一阵地冒冷汗。

黄老师回忆着：“于是我叫停了他的朗读，问他刚刚在读什么，他说他在朗读课本，我又问他为什么读着读着说起奇怪的话，他说他没有，他只是一直都在读课本，同学们听了也都窃窃私语。你家孩子很老实，也很听话。我心里虽然有些纳闷吧，但是相信他并没有撒谎，加之当时快要下课了，怕引起同学们讨论，也就没再多问了。这种事也不是什么大不了的事情，当时我也没有告诉你。今天小永突然晕倒，让我想起了这件事，开学这才没多久，接连发生这两件事，所以我觉得很有必要跟你说说。”

“黄老师谢谢您了，真的是非常有必要。”白慧连忙回道，“不瞒您说，您刚才说的这两种情况，小永在家也发生过。有时候他念着英语单词，突然就变音了，听起来像是夹带着壮语，因为我们老家是广西的，这也算正常，我也就没在意。还有晚上好好地看着电视，他突然也晕过去了，我以为他睡着了，将他叫醒后，要他回房睡觉了。”

黄老师提醒道：“现在是孩子成长发育的关键时期，你们作为孩子的父母，应该及时关注孩子的各种动向。”

白慧不好意思地说：“最近，我工作比较忙，回家后也不时加班，花在孩子身上的时间确实比较少，都有些冷落到他了，这些不对劲的地方就这样被我忽略掉了。要不是今天您跟我说，我还一直觉得自己孩子身体挺好的呢。唉，我真不是个称职的妈妈，惭愧。”

这时候，小永将黄老师的教案取了过来，白慧对于自己的大意有些后怕了，她无心再聊下去，跟黄老师告了别，带着小永匆匆回了家。

他们进门的时候，白慧的老公闫京也回来了，正在厨房里弄晚餐。她忙将黄老师说的和她自己看到的情况跟老公一五一十说了一遍。

闫京听后也吓了一大跳：“你这么一说，我也想起来了，我在家也曾看到过小永的异常反应。”

“你看到什么了？”白慧紧张地问。

“那天晚上，我在小永房间里给他辅导功课。因为手头上还有一点工作没有完成，我一边辅导着他，一边趁着空余时间在笔记本上倒腾着。我正忙着自己那点事，突然感觉身旁的小永好像大半天没出动静了，于是扭头一看，结果看到小永手里握着笔，僵直地坐在书桌前一动不动。我叫了他一声，他没回应我，我走了过去问他在干吗，他还是没有回应，身体维持着之前的状态，脸上没有一丝表情，眼睛里也没有任何感情，只是那么僵直地坐着。我用手在他眼前晃了晃，他连眼睛都没眨一下，若不是看他胸口起伏着，乍一看，还以为他是个假人。”闫京回忆着，“我有些吓着了，加大了叫他的声音和摇晃他的力度，这才将他惊醒。我问他刚才怎么了，他说他也不知道，就是突然动弹不了了。”

“那你怎么也没告诉我呢？”白慧责怪道。

“我见他气色很好，还活蹦乱跳的，一点也不像生病的样子，心想他估计是坐得时间太长了吧，手脚麻木了，也就没有太在意了。”闫京干涩一笑，“本来也想跟你说的，但是那天晚上你加班回来得很晚，我就把这件事放下了。”

听老公说完，白慧真是越想越害怕。

她心惊肉跳地说：“老公，你看咱们真是太马虎大意了，最近光顾着工作，孩子病了咱们都不知道，真是太不应该了。要不，我先请一段时间的病假吧，我在家照顾孩子……”

闫京婉转地拒绝道：“这个以后再说，当务之急，先将小永带去医院看看，做一个全面系统的检查再说。”

家里和学校里小永都接二连三出现了异常，这令他们夫妻二人不得不慎重对待。

当晚，闫京挂了某儿童医院的专家号，次日一早就带着小永去了医院做了检查。然而意外的是，医院检查结果显示：小永各项指标一切正常。

白慧问及小永突然失去反应，身体僵硬，说出奇怪语言这两个问题，医生也没有给出明确说法，建议他们多做观察，如果有问题，及时来医院就诊。

第三章

对于这个检查结果，按理说白慧夫妇应该感到开心，但他们却怎么也高兴不起来，因为据黄老师说的和他们自己亲眼看到的，小永的反应明明异于常人，那问题到底出在哪儿呢？

夫妻二人开始回想小永变得如此奇怪的始端，这么一回想，似乎一切是小永从老家回来后开始的。

难不成小永在广西老家的时候曾经发生过什么事情？

夫妻二人越想越有可能，于是忙打电话给小永的奶奶询问情况。

老太太一听，并没有非常吃惊，而是沉默了片刻，问道：“小永回去前应该已经好了，怎么又犯了？”

白慧听到“又”字，心里咯噔一下，忙问道：“妈，小永在老家时到底发生了什么事，他怎么会变成这样？”

“这事说起来全怪我。”老太太自怨自艾说，“小永回京之前，我带他去邻镇的云龙山上玩，那山上有一座道观。”

“您带他去道观里了？”白慧反问道。

“因为观里有间魁星阁，供着文曲星，据说非常灵验，很多人都带着孩子去那儿参拜。你们回老家的那几天，我听你和闫京聊天说小永最近成绩下滑得厉害，以前他的成绩一直名列前茅，现在已经变成了班里的中等水平了，还商量着请补习老师的事情。我知道你们工作忙也顾不上，我想着也出一份力，就带着他去参拜了。可是没想到回来后的第二天，小永就有些不对劲了。”

“妈，你没事带他去那种地方做什么啊！”白慧又急又气。

老太太年纪大了，一口气说了那么多话，有些气喘，说到这里，停了下来。白慧心里惦记着儿子，催促道：“妈，小永哪里不对劲了？”

老太太缓了一口气，接着说：“那天中午，我在客厅里择菜，小永在复习课文，他一边看还一边读，他读着读着，突然间没声了。一开始我也没注意到，但是过了好一大会儿也不见他出声，我觉得很奇怪，就抬头看了他一眼，结果看到他一动不动地坐在沙发上，嘴巴张得老大，眼睛直勾勾地盯着前面。我大叫着他的名字，他一点反应也没有。我有些吓到了，忙丢下手上的活儿，跑了过去，一边叫他的名字，一边推着他的身子。就这样，一连推了好几把，小永这才缓过神来。我问他刚刚怎么了，想什么想得那么出神，他却说他什么也没想，刚才一直在念书，就是突然浑身动不了了。”

小永奶奶提到的这个情况和闫京所说的基本一致。

“妈，我接小永回京的时候，你怎么没跟我说啊？”白慧有些生气，这么大的事情小永的奶奶竟然瞒着她。

老太太抱歉地说：“白慧啊，对不起，我不是有心想瞒你的，我本来想将事情一五一十告诉你来着，但后来见小永好了，我也就没多说了。我怕我说了，你会不高兴。”

白慧叹了口气：“你不说我才会不高兴呢！”

老太太继续说道：“我没想到那个张天师原来并没有将小永身上的脏东西完全驱走，现在它又缠上小永了。”

“这个张天师是谁，脏东西又是什么？”白慧听老太太前面那么说，心里的气已经积攒了很多了，听到什么“张天师”和“脏东西”之后，简直就是火冒三丈。

“本来，我也没有太在意，没想到那天之后，又发生过几次类似奇怪的事情。有时候小永正跟我聊着天突然之间就晕倒了，不过叫他几声后他马上就醒来了；有时候小永念着书，读着读着突然嘴里就叽里呱啦说着一堆莫名其妙的话，听起来像是壮语，但我一句也听不懂。”老太太无奈地说，“看到他这样，我感觉情况有些不对劲，就带着他去医院瞧了瞧，但医生检查后并没有发现什么异常，就说注意休息什么的。回家之后，我和邻居张老太闲聊，她却说小永可能是中邪了。当时我一听，也感觉有道理，因为有些庙宇看似供奉着神仙，但其实供的都是恶鬼，所以我就赶紧请村里的张天师过来瞧瞧。”

老太太说，这个张天师是他们村方圆百里最出名的风水先生，能看风水，能请神驱鬼。他过来一看，就说小永被脏东西缠上了。他作了几次法，又给小永喝了几碗符水，就这样小永竟然奇迹般地好了，之后也没有出现之前的症状，直至假期结束。

老太太有些郁闷地说：“我以为小永真的好了呢，想不到又复发了啊，看来那个脏东西并没有完全驱走……”

白慧想打断婆婆的话，没想到老太太继续道：“北京应该也有这样的高人，要不你请个回去给小永再看看吧？”

听完婆婆的话，白慧差点要被气死了。

她知道婆婆是有些迷信，但没想到迷信到了这个地步，竟然请什么江湖术士给小永作法喝符水，想想都觉得恐怖。若不是老公就在身边，她估计当场就发飙了。

闫京向白慧使了一个眼色，白慧知道当前并非追究责任的时候，再说也没法跟老太太较劲，万一将她气病了，事情就更大了。

白慧努力让自己冷静下来，她调整了一下情绪：“妈，小永是不是在拜文曲星的时候摔倒过呀？”

“没有啊，我眼睛一刻都没有离开过他的。”老太太信誓旦旦地回道，“他没有摔倒过。”

白慧正准备继续问下去，老太太又说：“就是从魁星阁出来的时候，不小心撞到了悬挂在大厅的大钟。”

白慧一惊："撞到了大钟？"

老太太安慰道："不过我检查过了啊，小永的后脑并没有被碰伤，既没有红也没有肿，我也问过他，他也说不太痛。"

听到这里，白慧和老公闫京对视了一眼，他们都知道有些碰伤不是说外表不红不肿，或者说感觉不太痛就说明里面没事，尤其是脑袋。

看来问题就在这里了，她不咸不淡地回了一句："好的，妈，我知道了。"

老太太关心孙子，并且死认小永是被脏东西所缠，一直鼓动白慧去找个"高人"看看。婆婆迷信不是一天两天了，电话里三言两语说不清，白慧只好嘴上敷衍。挂了电话后，夫妻二人带着小永去了一家大医院。

在这家大医院里，小永很快被诊断出患有"蜡样屈曲"。

这是一种精神运动性抑制的精神障碍，患者的姿势经常固定不变，肢体任人摆布，即使四肢悬空或放在极不舒适的位置也能维持很久而不主动改变，如同蜡做的人一般。

此类患者多意识清醒，在症状缓解后可回忆起发病期间的所见所闻。

这种病大多是由于精神强烈紧张所致。医生细致听过白慧夫妇的描述之后，推测小永之所以患有此病是因为在魁星阁碰伤后脑勺引起的。那天他无意中撞上了悬挂在大厅的大钟，看外表好像并无大碍，其实伤到了后脑勺内部的中枢神经系统。因此，他才出现了眩晕和昏迷，乃至身体僵直的现象。

医生建议住院，进行系统的治疗。

白慧夫妇当即安排小永住下，在科室医生的精心治疗下，没用多久，小永的症状便逐渐消失了，他不再昏迷和肢体僵直，但小永变调说奇怪语言的频率不知道为什么却渐渐多了起来。之前只不过是偶尔会迸出一两句，越到后面次数越多，到了最近，他说的话，谁也听不懂了，都只能连蒙带猜。医院给他做了好几次深入检查，均未发现任何异常，对此医院也有些束手无策了。

小永说怪话的怪症找不出原因，白慧夫妇自然是急得团团转。

没想到此时，白慧家里也开始出现矛盾了，小永奶奶认定小永是被脏东西缠上了，不时就打电话过来催促他们夫妻俩去找个所谓的高人前来降妖驱魔。

虽然白慧心烦意乱，但她还是强忍着，耐心地劝说婆婆，还让婆婆不要担心。

前些天，老太太又打电话过来催促，白慧满口敷衍着，老太太有些急了，说："我天天要你去找个高人给小永看看，你就是不听，就是因为你一直不去请，小永的病情才会越来越严重的。"

白慧强压着怒火："妈，你这么说是什么意思？我知道你们着急，但我是小永的妈妈，我比任何人都要着急！"

老太太也毫不示弱，还击道："你着急你不去给小永请高人，请天师，你安的什么心，你是不是想害死我的孙子啊！”

这句“害死我的孙子”彻底激怒了白慧，她彻底释放了满腔怒火，口不择言地说：“明明是你没将小永照顾好，让他在什么鬼魁星阁被大钟撞伤了后脑勺，现在你反而倒打一耙，说我想要害死你孙子，你到底有没有脑子啊！”

老太太一愣，颤颤巍巍地回道：“你……你这个女人……”

白慧越说越气，连同积攒了许久的怨气一并发作了出来：“我告诉你，我忍你很久了啊，我只是敬重你是长辈，才处处忍让妥协的。婚前你就看不起我，觉得我是农村人，配不上你们城里人，三番五次想要拆散我和闫京；婚后你又百般刁难我，从来没给我好脸色看。在我没有小永之前，你就一直说我是不会下蛋的鸡，还威胁我要是再不怀孕，就要闫京跟我离婚；后来好不容易有了小永，你依然对我挑三拣四的，嫌我这不好那不好……”

老太太被骂得体无完肤，根本没有插嘴的机会，只能听白慧连珠炮似的呵斥：“你不要给脸不要脸，我的孩子我自己会照顾，你没事少来管我们！”

没等老太太说话，白慧气冲冲地挂断了电话。

第二天，老太太就病倒了。老公闫京与她大吵一架，狠狠臭骂了白慧一顿。

白慧觉得很委屈，她说的明明都是事实，老公却不帮她，她有些万念俱灰。若不是想到要是没有了她，小永怎么办，他这样肯定会被后妈折磨，她真想就此了结算了。

第四章

说到这里，白慧不禁悲从中来，默默抽泣道：“当时我真是不想活了，结婚那么久，没想到他还是把我当作外人……”

我将纸巾推到了她面前，安慰道：“你可不能这么想啊！其实你老公也不是不站在你这一边。只不过他也很为难，一边是自己的妈妈，一边是自己的老婆，帮谁他都难受。”

白慧沉默了一下，才点点头说：“其实，事后我也有些后悔了，不该跟婆婆那么说话，她就算说错了做错了什么，毕竟也是我老公的妈妈，小永的奶奶。只不过当时在气头上，一时情绪失控了。恢复理智之后，我跟婆婆和老公都道了歉，现在我们家庭关系得到了缓解，婆婆也表示理解，当务之急还是要先将小永治好。”

“对，这才是解决问题之道。”我松了一口气，话锋一转，“所以后来你就给朱老打电话了，是不是？”

“没错。”白慧点头道，“小永的主治医生是个老医生，他说他从业三十年来，还是第一次见到像小永这种奇怪的病症，在多次治疗无果后，他怀疑小永的问题可能不是出在身体上，而是心理上，于是建议我们去心理咨询中心看看。心理咨询中心我从来没去过，也不知道哪里好，这时我想到了舅舅，所以给他打了电话，想请他想想办法。

“其实，我应该早联系我舅舅的，但是他吧，是个法医，只能看死人，不能看活人。我跟我妈诉苦的时候，无意中听说他最近在研究心理学方面的东西，我心想或许他能帮上忙，于是赶紧打电话向他求助，结果他说他研究的是犯罪心理学，跟一般的心理学不一样，无法治疗这种病症。”白慧有些不好意思地说，“不过，他说认识一个这方面的专家，然后他就推荐我到你这儿来了。”

“朱老抬举了，我可不是什么心理专家，只是一名普通的心理咨询师。”我自谦了两句，接着说，“小永的病历档案你带来了吗？”

“带来了。”白慧从包里将小永的病历档案袋交给了我。

我打开粗略翻阅了一下，里面的门诊病历、化验单、医学影像检查资料、病理资料、护理记录一应俱全。

我重点将那几张医学影像片好好看了看。

从片子上看，小永的头部确实一切正常，如果真的排除了脑部受伤可能性的话，那么想要弄清小永的病根，得全面了解他的生活状态和心理特征。

我放下片子，转头按部就班地问白慧：“刚才听你说，小永的异常是从奶奶家回来之后开始有的。在之前他的状态是怎样的呢？你可以说一下他的学习和业余生活吗？”

“整体状态挺好的。他学业还不错，基本上就是学校那些功课，除了给他报了一个他自己最喜欢的英语兴趣班，我们也没有额外给他增加过任何学习上的负担。他学习比较自主，从来没让我们操过心。从上幼儿园开始到现在，他的成绩一直都是班里的前几名，就是最近他的成绩有些下滑得厉害。”白慧说着摸了摸小永的头，“业余时间的话，就是喜欢踢踢球，看看漫画书什么的。”

“他性格怎么样？”我继续问道，“和别人交流方面呢？”

“性格方面吧，他虽然不属于外向型，但是你要问啥他也都会说，如果说的是他感兴趣的东西，他话比我和他爸还多。整体来说，人还挺活泼开朗的。”白慧想了想，“至于和别人交流方面，也没有什么问题，亲朋好友也都说小永懂事，也会说话。”

“刚才你说小永最近成绩下滑得厉害。”我抓住其中一个要点，追问道，“你知道其中的原因吗？”

“知道，是因为小永最好的同学小辉最近转学了。”白慧解释道，“小辉是我们家隔壁邻居的孩子，两人算是发小吧，从小一起长大，一起玩耍，一起上幼儿园和小学，好得穿同一条裤子。”

说到这里，白慧看了看坐在一边的小永，他表情有些落寞。她继续说：“小辉的爸爸前不久工作调动去了外地，他们全家搬走了。小辉搬走之后，小永的心情就很差，无心学习，不爱说话，看上去病恹恹的。我想过一阵子等他缓过来后就好了。”

“那小永之前可曾受过什么伤？”我边问边记录，“尤其是头部。”

“没有。”白慧解释道，“就是我之前提到的，和我婆婆去道观撞到了大钟。”

“小永有偏头痛的症状吗？”我又问。

“没有。”白慧脱口而出。

“你和你先生可有什么家族遗传病？”我逐一排除，逐一记录。

“这个也没有。”白慧淡淡地回道。

…………

我利用提问，一点一点地从白慧口中拼凑着小永的情况，该问的都问了，该了解的也都了解了。对于小永的病症，我心中已有了七八成的把握。

我停下记录，对一脸焦虑不安的白慧说：“白女士，综合小永的病历和我刚才问你的问题，我大概已经知道小永得的是什么病了，但还需要你带小永去回龙观××精神病院做一些检查，以便进行最终的确诊。”

“去精神病院？”白慧一听要去精神病院检查，神经高度紧张起来，“欧阳心理师，莫非小永得的是某种精神病？”

“白女士，别担心，小永得的并不是什么严重的精神病。”我宽慰地说，“只是一种名为外国口音综合征的罕见语言障碍。”

“外国人……综合征？”白慧追问道，“这是什么奇怪的病？”

“是外国口音综合征。”我笑着解释道，“这种病症顾名思义，就是说话带有外国或外地口音。”

白慧点点头，努力消化着我说的内容。

“小永说的那些奇怪的话，并不是什么鬼神附身，也不是什么外星语，只是夹带着壮语的口音来说而已。”我耐心解释道，“就像咱们中国人说英语一样，因为不是自己的母语，受本国语言的影响，说起来总是带着浓浓的中国腔，对老外来说，显得比较另类。”

“小永的情况也一样，因为壮语不是自己的母语，发音自然是不标准的，更何况他还只会一些简单的。”我看了看小永，继续说，“在这双重影响下，他说话当然更加荒腔走板了。”

“哦，那我家小永为什么突然会变成这样啊？之前他可是一直好好的，怎么突然普通话和壮语大杂烩了呀？！”白慧开口问道，而后又补了一句，“莫非又跟他上次在魁星阁撞伤后脑勺有关？”

“对，还是与上次撞伤后脑勺有关。”我点点头说，“那次撞伤不仅损伤了小永的运动神经，还影响了他的语音控制神经，前者令他患上了‘蜡样屈曲’，后者则令他患上了‘外国口音综合征’。”

这时候，我将那些检查报告装进了袋子，交还给白慧：“只是当时这些症状不是太明显，耽误了治疗，以致后来越来越严重了，所以就变成了现在这样。”

白慧脸色越来越差，自顾自说道：“为什么小永会得上这种病呢！”

我继续说：“当然了，这只是我的推测而已，最终确诊还需要其他检查佐证，比如像检查阅读、写作及语言理解能力等，不过应该是八九不离十，但是保险起见，还是彻查一次比较好，这样治疗起来也好对症下药。”

白慧抬眼问道：“欧阳心理师，就没有别的办法了吗，必须去精神病院吗？”

我见她似乎对精神病院非常排斥，详细解释道：“为了小永确诊，这是非常必要的，回龙观 ×× 精神病院有全套的检查仪器，可以一站式检查完毕。另外，我们中心跟他们病院有合作，我提前和他们打好招呼，你过去之后，他们会为你安排一切的。”

听我这么说，白慧点点头：“原来是这样，那我现在就带小永过去。”

见她同意了，我忙打了个电话给回龙观 ×× 精神病院与我们中心的对接人，说明了情况和重点检查事项，白慧存下我给她的号码后，带着小永即刻赶了过去。

离开中心的时候，我微笑着对小永说：“再见。”

小永开口道：“叽里噜咕。”

第五章

很快，精神病院的检查报告就出来了。

正如我推测的，小永确实患上了“外国口音综合征”。

这种病症多是由中风或头部受创等因素导致的。大脑受到损伤后，正巧大脑的语音控制中心受到影响，患者说话的发音方式、语音语调等发生改变，从而使说出的话语听起来像外国口音，十分古怪。

目前，世界上确诊的外国口音综合征仅有一百多例。比如，1992 年 5 月 20 日，一位日本女性患者在某地入院，她起初缄默不语，右侧轻度瘫痪，二十四小时后瘫痪消失，失语也好了。但此后，女患者说话像是韩语，可她却是在日本土生土长的。再后来，女患者去医院检查，磁共振水平影像显示大脑左侧中央前回后外侧条带状高密度病变，高密度是由梗塞区内点状出血积聚形成。

若不是我前阵子在挪威学习的时候，教课的教授正好教了这么一节课，估计这案子我当场也要蒙圈了。我心中不由暗暗称幸，总算不负朱明川法医的重托。

对于这种病症的治疗办法，一般多由脑神经医生根据大脑损伤部位针对性地采取措施，同时需要语言专家来指导训练纠正发音。

回龙观 ×× 精神病院的脑科医生自是不缺，但是语言专家却没有。为此，我联系了相关病理语音学家和语言康复医生来帮助小永。一周之后，小永逐渐有了好转迹象。

主治医生说，虽然整个恢复过程会非常漫长，但这是一个好的开始。他们已经为小永制订了合理的康复计划，同时也联系了学校方面，在黄老师的帮助下，小永一边接受系统的治疗和康复训练，一边回学校继续学习。

之后，白慧夫妇亲自来中心向我道谢，我也说会持续关注小永的情况。

虽然小永的病症最终并非我亲力亲为治好的，但毕竟是经我手发现的，我心里还是非常开心。

白慧夫妇来中心向我道谢的那天，也给我带了一些礼物，我不好推辞，就留下了。

等他们走后，我就将礼物分别送到了安翠芳和张哥的办公室。

我刚进张哥的办公室就看到他正在泡茶，正好我口渴了，顺手端起来一杯喝了，还不够解渴，我正要端起另外一杯，张哥一把抢过去，骂道："臭小子，自己不泡，专喝现成的，你没手没脚啊，自己倒！"

说着，他一饮而尽。

我笑嘻嘻地自己倒了两杯，喝完后，还想倒第三杯，张哥一把抢过茶壶。我耸肩说："用不着这么小气吧，不就是一壶茶嘛，等下我帮你去泡。"

"喂，有你这么个喝法吗？这可是上好的碧螺春呢，你可别给我糟蹋了！"张哥依然絮絮叨叨地说。

看样子他还在生我的气。有时候张哥就跟个孩子似的需要哄一下，我赔笑说："张哥，我已经把白慧夫妇送来的礼物给了你了，你怎么还在生我的气啊？"

张哥瞥了我一眼，继续喝茶。

我只好笑道："好了好了，白慧的事情咱们不是说开了吗？别这样了嘛，生气很容易老的！"

张哥冷哼道："哎哟，还白慧白慧叫得蛮亲热的嘛。我才没工夫管你的闲事呢，我又不是你爹，你想在外面怎么乱搞就乱搞，我可管不着！"

"我从挪威一回来不就告诉过你吗，朱老的亲戚估计最近会来找我，我只是没想到白慧，不不不，是白女士会来得这么快。我刚回来，还没进入工作状态呢，她就过来了。"我看张哥的茶杯空了，连忙给他续了茶，"她还不好意思说明来意，以致造成了误会。我真的是无辜的，要是我早知道，我就不休假了，直接来上班了。"

"哼！"张哥斜睨了我一眼，一副高高在上的表情说，"你过来找我有何贵干？"

"没事，我就是过来看看你。"

"是不是小永的事情很棘手，需要我帮忙？"

我嘿嘿笑了两声："张哥，这次你可失算了。小永的病症我已经心中有数了，而且他也已经接受治疗了。我过来是跟你分享一下，我保证他的病是你从未见过的罕见心理病。"

张哥听我这么一说，有些意外，不由得好奇地问："是吗，他得了什么病？"

我一五一十地将小永的情况告诉了张哥，说完后，我问张哥："怎么样，能猜出小永是得了什么病症吗？"

这么罕见的病症，我想张哥肯定不知道，正等着他说不知道，然后自己跳出来卖弄一下，结果他冷哼一声：“现在翅膀长硬了，想考我了是吧。这难不倒我，他很可能得的是‘外国口音综合征’！”

“我的天，你怎么什么病症都知道啊！”原来他也知道，这下没戏唱了，我怨恨地捶了他一下。

张哥看穿了我的心思，大笑说：“臭小子，想在我面前班门弄斧，你还嫩着呢。别以为你去了一趟挪威，回来后就觉得自己了不起了。你也不想想，哥是从哪国留学回来的，心理学的祖师爷国家英国回来的，没吃过猪肉还没见过猪跑吗？！”

“好，你厉害，我服了总可以了吧！”看他一副小人得志的样子，我就来火，于是说，“不就是国外留学过嘛，有什么了不起，天天挂在嘴边。你要是真厉害，英国那么好，当年留学的时候你为什么没留下啊？”

本以为这样我会找回面子，结果张哥用手指头勾着我的下巴，调戏地说：“你这个小没良心的，哥这不全都是为了你才回来的吗？不然的话，我在英国早就发达了！”

“放开你的脏手，你这个臭流氓！”我拍开他的手，赶紧逃了！谁知道接下来他会对我做什么，想想就觉得害怕。

三十六计，走为上计！

NO.03

公主病不是病，病起来要人命

案例编号：120638733			
姓名	吴青莲	职业	学生
性别	女	婚姻	未婚
年龄	20	住址	北京海淀区
症状情况	惊吓过度造成精神失常，正常的时候，她的思想和行为与常人无异，一旦听到分贝稍微大一点的声音整个人就会抓狂		
治疗结果	失败		

第一章

我们中心以前有个前辈叫罗悬，他在 20 世纪 80 年代末就在一家医院的精神科问诊了，算是比较资深的心理专家。那时候，在大众眼中，心理方面的咨询还显得非常神秘，大家都喜欢叫他神秘的老罗。后来他退休了，而那时正巧姨妈在组建心理咨询中心，于是就请了他过来坐镇。然而，这个神秘的罗老在中心待了一年，突然辞职去了一所高校当心理辅导顾问。

那一年，我们心理咨询中心为了响应有关部门的号召，与罗老所在的高校临时组建了一个公益性的“学生心理健康中心”，为期三个月，免费为学生做心理辅导，拓展心理素质。姨妈原打算是要张哥过去坐诊的，张哥也欣然同意了。但当得知罗老也在的时候，他死活不同意去，硬是将任务塞给了我。

我向来都是被他欺负的主，自然乖乖从命。

动身之前，张哥逗我，说他带了我这么久，好歹也算半个师傅了，出去可别丢他的脸。最后，张哥不忘叮嘱我，见到罗老千万别提到他，免得挨骂。

我一边收拾东西，一边不识趣地问道："张哥，你得罪过这个罗老吗？"

张哥哼了一下，回道："我这么会做人，哪里会得罪老前辈。"

我自然是不信，瞥了他一眼。

张哥又说："我告诉你，你要是不想吃苦头，见到罗老别提我就行了。要是他问起我，你就说我被你姨妈开除了，或者失踪了。"

我心里疑问更大了，追问道："你和这个罗老到底发生了什么事啊？"

张哥略显不耐烦地说："这个你就别问了，反正记得我说的话就好了，不然吃了苦头，别说我没提前告诉你。"

见他如此认真地交代，我心里自然免不了好奇，可张哥不肯说明，我也没办法，只好作罢，所以当见到罗老的时候，心中画了一万个问号，一直在想这个和蔼可亲、精神矍铄的白胡子老头究竟和张哥有什么过节。

而罗老呢，对于我的到来十分欢迎，频频赞许这些年来我们中心获得的成功和荣誉，并不断地询问他离职之后老同事们的情况，我自是一一照实说。

当他问到张哥的时候，我心里不禁一沉，不知道该怎么回复，是照实说呢，还是像张哥说的那样，骗罗老说他被开除了，还是编一个更为奇怪离谱的理由？

罗老见我没吭声，又问了一句："张勋那小子还在吗？"

我不善撒谎，尤其是在罗老犀利的眼神注视下，我就像个没有任何秘密的小孩。看来是躲不过了，我只好硬着头皮说："在，他还在。"

罗老长应了一声，脸上呈现出一种令人难以捉摸的表情，说不上高兴，也说不上不高兴。幸好他没有再详问下去，我暗自松了一口气，总算过关了。

我抬眼看了看罗老，内心对于他们二人的"过节"更加好奇了。

回家后，我将当天与罗老见面的情形跟张哥说了一遍，张哥气得指着我的鼻子说："臭小子，你竟然出卖我，我不是早告诉你若是他问起我，就说我被开除了吗？"

"我是想这么说的，但你不知道罗老的眼神有多锐利，我念头才刚刚升起，似乎就被他看穿了。我心虚啊，所以只好照实说了。"我解释道，"再说了，我最不擅长撒谎，我每每撒谎，浑身就不舒服，还会起小疙瘩……"

"好了好了，不用解释了。"张哥摆摆手说。

"张哥，你跟罗老到底有什么纠葛啊？"听他这么在意罗老，我忍不住继续追问，"你不愿意让他问起你，而他呢，偏偏还要问你。"

"我跟他没什么纠葛，你就别再问了！"张哥闪烁其词地说，"反正啊，下次他要是再问你关于我的信息，你就说不知道，跟我不熟。知道了吗？”

“知道了，知道了。”我连连点头。

“不然的话，有你好看的！”

我不以为然地说：“张哥，你言过其实了吧。虽然今天我是第一次跟罗老见面，但看得出他人非常好相处，他不会给我穿小鞋的啦，你不用担心啦！”

张哥狡黠一笑：“我说的不是罗老给你好看，我是说我会给你好看！”

我一惊：“你想怎么样？”

张哥语态轻松地说：“马上就是季度考核了，你要是再管不住你的那张大嘴巴，可别怪我在你的季度考核表上记不合格，到时候你的绩效工资就泡汤了！”

“你……”我顿时暴起，但又知道胳膊拧不过大腿。

“怎么了，不服气？”张哥眼一瞪。

“服，我是心服口服，心悦诚服，服服帖帖！”我跟谁过不去也不能跟钱过不去，我立马冷静下来，赔笑说，“你放心吧，罗老要是再问到你，我就说只听过你这么一号人，但是没任何交情，具体情况不知道，这样总可以了吧？”

“哼！算你识趣。”

虽然满腹狐疑罗老和张哥之间的纠葛，但经张哥这么威胁，再加上罗老之后也没再提这一茬，我也渐渐地不再想他们的事情了，反正跟我一毛钱的关系也没有……直到那一天。

那天是开学后两个月，学校开展了好多活动，心理学的讲座就去各个院系做了好几次。罗老上了年纪，话说久了，容易口干舌燥，有一次讲座开完了，我就在“学生心理健康中心”办公室给他泡了一壶碧螺春，让他解解渴。

谁知道，罗老尝了一小口，笑了笑，抬头问我：“欧阳啊，这碧螺春是谁给你的？”

我一愣：“是……”

罗老继续问道：“是不是张勋那小子啊？”

一听张哥的名字，我当下就慌了。

这茶叶确实是张哥前不久从杭州回来送我的，我放着一直没喝，想着借花献佛来孝敬罗老，没想到他一喝就喝出来了。

这两个人的关系必然不简单！

我佯装镇定，以问答问：“罗老，这茶叶不好喝吗？不会是茶叶坏了吧？我也不太懂茶叶，听说这是好货，就带了一包。”

罗老抿了一口茶，高深莫测地说：“洞庭无处不飞翠，碧螺春香万里醉。”

他见我不说话了，继续说道：“这茶叶是苏州东洞庭山的，也就是东山镇的，是我最喜欢的茶叶。小张是不是交代了你什么事？”

我茫然地看着他：“没有，什么事啊？”

罗老笑笑道：“用茶叶讨好我吗？”

办公室就我们两个人，我像犯人一样，感觉做了什么坏事，要被罗老审问个明白。

罗老功力深厚。他喝完了茶，将茶杯放下后，还把右手搭在黑色的桌子上，用食指有节奏地敲打着，仿佛是在给我催眠，还要给我一种无形的压力。

普通人可能以为没什么，其实这就像两个武林中人的对阵，我一早就败了，罗老一直占据着绝对上风！

罗老这么在意张哥，而张哥又是如此惧怕罗老，他们之间究竟有着怎样的过往？我该如何回答？虽然之前早就跟张哥说好了，一旦罗老再问，就说不知道。然而不知道为什么，在罗老面前，我就是没办法撒谎。那些欺骗的话到了嘴边又自动回去了，该如何圆过去呢？我心想着，眼睛无意中看向了窗外——

此刻正是午餐时间。楼下的学生成群结队地前往学校食堂，路上有几棵老银杏树，时值深秋，叶子都黄了，阳光一晒，金灿灿的，好一幅油画般的秋景。

突然，人群中狂跑进来一个女生。她一路大喊大叫地奔逃着，后面还有三个大汉穷追不舍。

罗老敲打桌子的节奏被女生的尖叫给打乱了，他不由得皱起了眉头，好像不太甘心地放弃了这次拷问。

而外面的情形则看得我目瞪口呆。楼下的人们对于眼前发生的这一幕，不但没有任何一个人出手阻拦，反而个个像看好戏一样，都在津津有味地围观着。更可恨的是有人甚至还故意绊倒了那个女生，好让大汉们捉住她。

“他妈的！”看到这里，我忍不住爆了一声粗。

“怎么啦？”罗老抬头看着我。

“罗老，你看外面。”我指着窗外，义愤填膺地说，“楼下有三个大男人正在追一个女孩子呢，在场那么多人，竟然没有一个人施以援手。这学校好歹也是北京名校，怎么学生素质这么差！”

罗老看了一眼窗外，淡然地说：“没什么的，随他们去吧！”

“这怎么行啊，光天化日的，怎能让一群男的欺负一个弱小的女生呢！他们不去帮忙，我去，我去教训教训这三个无赖！”说着，我起身就要出门。

罗老见我的架势很认真，不像是开玩笑，急忙站起来拦住我：“你这毛头小子，脾气跟张勋差不多，动不动就要用拳头讲道理。别告诉我，你是张勋带出来的人！”

我脸红起来，一时不知如何应答：“这……我……”

罗老看我这个样子，被逗笑了：“好了，不逗你了。你来这儿也有一些时日了，是不是觉得很闲，闲的话就跟我去一下学校旁边那家医院。”

我一惊：“去医院？”

罗老点点头，说：“我带你去那家医院的精神科走一走。”

我被说得一头雾水，罗老没事带我去医院精神科干吗？我又不是精神病患者，心理也没什么问题，谁要去那里走走。

我一时没想明白，嘴巴一张，话不经大脑就说了出来："去那里做什么？是您要看病，还是要带我去看病？"

罗老啧了一声，威严地说道："你这毛头小子，还会拐着弯骂人了？我身子骨好着呢，天天开心得不得了，看什么病啊！"

"关键是我也没病啊！"

"我们不是去看病。"

"那是去干吗？"

罗老没说话，只是用嘴努了努外面。

这时候，楼下发生的一切回答了我的问题：那个女生被人五花大绑，正抬往一辆有医院标志的面包车上。

我这才恍然大悟地说："原来这名女生是有精神问题啊！"

罗老微微颔首。

我继续道："她也是这个学校的学生吧？大家都认识她，所以才会如此淡然对待。"

罗老笑了笑，说："看来你也不是很笨。"

我有些不好意思，为我之前的冲动感到尴尬。看罗老的样子，他应该也参与了治疗这名女生的工作，此时他言下之意，自然是要带我去医院观摩观摩。

普通的精神病例，罗老肯定不会带我去看的，由此可见，这名女生患的病症不简单。

此时，那女生正被送进车里。

她是谁?

年纪轻轻的，又患有什么特殊疾病呢?

想到这里，我心里微微有些兴奋，催促道：“罗老，那我们就赶紧下去吧，他们要走了！”

罗老摇着头，无奈地笑了笑，带着我下了楼，来到了那辆有医院标志的面包车旁边。

那三个男人已经将那女生绑进了车里，正要发车走人，他们见了罗老，停下来跟罗老打招呼。坐在驾驶座上的那个方形脸男人一脸尴尬地说：“罗教授，不好意思，一时疏忽，居然让病人跑出来了！”

罗老问对方：“最近她的病情是不是越来越严重了？”

方形脸男子叹气道：“是的，一有个风吹草动，她就像受惊的野马一样发狂起来。”

坐在副驾驶座上的胖子说：“这两天病情似乎更严重了，她老是喊打喊杀的，今天一个没注意让她跑了出来。她回到了学校，嚷嚷着要去杀了那几个整蛊她的室友。”

方形脸男子叹息道：“唉，我看她是好不了了，真可怜，年纪轻轻就这样疯了……”

胖子追问道：“罗教授，您老是要去一起看看吗？”

“去看看吧。”罗老指着我说，“我可以带他一起去吗？”

方形脸男子狐疑地看着我："他是您的朋友吗？"

罗老点点头，说："他是我的朋友欧阳子瑜，×× 心理咨询中心的高级心理咨询师，说不定还能帮上忙。"

"当然可以了！"方形脸男人喜道，"这真是再好不过了。"

方形脸男人招呼我们上了面包车。因为前面座位有限，罗老坐到前面副驾上，而我则和那个胖子坐在了后舱里。

第二章

一上车，我就看到那女生被约束带约束在一张担架上。

虽然她被绑着，但依然在发狂地挣扎着。估计看我是个生人吧，她瞪着我，向我求救地大喊着："我没疯，我脑子没坏，你们不能关我！救我啊！救我啊！"

很多心理有问题的人都会否认自己有病。越是病得厉害，越会觉得自己才是清醒的，是有人要谋害他们。这种情况我早已司空见惯。

被绑住的女生，大概二十岁，人长得挺清秀的，但因一直在拼命挣扎，一张脸憋得通红，再加上披头散发的，致使她看起来有些狰狞。

见此，我有些于心不忍，便跟旁边的胖子说："都上车了，她应该是跑不了了，要不给她松一下绑吧？"

"那可不行，一旦松开了她，单凭我们两人压根就抓不住她。她发狂起来可怕得很，你没看到我们三个人联手才将她逮住吗？”胖子一边说，一边拿起旁边的胶带粘住了女生的嘴，不让她再发出声音。

听他这么一说，又见那女生确实挣扎得厉害，我只好收起了恻隐之心。不过这女生如此狂躁，我倒非常好奇，问道：“这个女生得的是什么病啊？”

方形脸男人一边开车，一边看了看后视镜中的我和身边的罗老：“罗教授没跟你说吗？”

我点点头说：“还没来得及说呢。刚刚我们在楼上看到你们在下面抓她，罗老说带我一起来看看，我就来了。你能先给我介绍一下具体情况吗？”

“当然可以了。”方形脸男人欣然答道，“这名女生叫吴青莲，今年二十岁，就是这所学校的外语系大二学生。”

坐在我身边的胖子继续说：“上个月过万圣节，她的那几个室友跟她开玩笑，搞了一点小名堂整蛊她。平日里，估计她就胆小吧，那天晚上她被室友的恶作剧吓得魂飞魄散，像疯了一样又喊又叫，将整个寝室闹得鸡飞狗跳。很多人都过来看热闹，后来安抚了许久，她才恢复正常。”

方形脸男人点点头，说：“是啊，本以为她只不过是那天晚上受了点小惊吓，睡一觉就好了，结果事情根本没消停。那天之后，吴青莲就像是受了惊的兔子，身边一有个什么动静，她就立马紧张起来，呼吸急促，浑身冷汗直冒。大家觉得她很怪，但是也并没多心，只是说她大惊小怪。”

胖子接过话题，说：“整蛊事件过去一周后，她的这种症状不仅没有减轻，反而更加严重了。当她被异响吓到时，她会抓狂，会攻击人，有两个室友就被她抓伤了。她所在班级的辅导员知道这件事后，立刻联系了院系主任，寻找解决办法。”

方形脸男人补充道：“罗教授正好在这所学校当心理顾问，于是校方请了他过来给她做心理辅导。但她问题比较严重，一般的心理疏导起不了太大作用。在和她父母沟通，获得她父母的同意之后，校方将她送到了我们医院接受治疗。在治疗过程中，她一直坚称自己没有精神病，而是被那几个欺负她的室友下了蛊，因此行为才会失控。”

胖子看了看吴青莲，说：“这简直是无稽之谈嘛。这两天她更加狂躁了，除了大喊大叫、上蹦下跳，她还扬言要杀掉她的那几个室友，因为她觉得这一切都是室友们的阴谋。”

听他们一前一后地说完，我揣测道：“听上去她好像是惊吓过度而造成的精神失常，但细想一下又有些不符合。”

“罗老有没有说她是患了什么病症？”我转头问他们。

“具体什么病症罗教授并没有说，他只是说还需要再观察观察。我们医院的精神科大夫跟你的看法一样，她就是惊吓过度而造成的精神失常，目前正以此病症在给她治疗。”胖子介绍道，“不过不瞒你说，效果好像不是太理想。”

这时候，方形脸男人笑着说：“你们中心的大名，我早就听说过了，曾治过不少疑难杂症，好像还上过电视台的专访吧。希望你来了之后，能给她好好看看，弄清她的病根，早日将她治愈。”

“你们过奖了，我会尽力而为的。”我连连摆手道，“不过像罗老这种经验老到的专家都束手无策，我恐怕也……”

我的话没说完，还有半截留在喉咙里，这时候车子来了个急刹车，因为惯性，我的身体不自觉地朝躺在中间的吴青莲靠近了一些。

她的手腕还能动，碰到了我的手，猛地一把抓住了我，并朝我努力地睁大双眼。有那么一瞬间，她那布满血丝的眼球好像都要掉出来了一样。

车子随即恢复了正常行驶，方形脸男人说：“不好意思，刚才路上有异物。”

我干涩一笑，忙说：“没事。”

他们都没有注意到，吴青莲抓住了我的手。

我想挣脱她，但她的身体却一直震颤着，如同一个电力十足的马达，震得我的手都发麻了。

我能读懂她的眼神，她是在表达自己不是所谓的“神经病”，可她发狂的样子着实可怕，如果没有约束带，可能她就要跳起来打人了。

我挣脱不了，只好宽慰地跟她说：“你放心，我一定会治好你的，你先松手好吗？”

坐在旁边的胖子听了我这句话，这才注意到我被吴青莲抓住的情况，他忙帮我弄开了她的手。

他感叹道："你看到了吧，她力气大得奇怪，跟她弱小的身子压根就不成正比，幸好我们牢牢捆住了她，不然的话，刚刚那么一下，就够咱们喝一壶的了！"

我看着被她抓青的手，想到刚才她那一抓，不免心有余悸。这女生还真是不好对付！

医院和学校距离不远。

十分钟后，我们已经到了方形脸男子所在的医院。

下车后，方形脸男人、胖子连同另一个男人将吴青莲送到病房里去了，而罗老则带着我去见了她的主治医生孙杰辉。

孙医生是个四十出头的中年男子，身材修长，戴着一副黑框眼镜，看上去有几分儒雅。对于我们的到来他自是十分欢迎，客套了几句之后，忙给我们介绍吴青莲的情况。

我说在路上，方形脸男人和胖子已经给我介绍了基本信息，孙医生说："那我就给你简单说一下她入院后的情况吧。"

他说吴青莲入院以来，经过深入、细致地检查，首先可以肯定的是她属于惊吓过度而造成精神失常，伴有失眠、手脚抽搐、狂躁等症状。正常的时候，她的思想和行为与常人无异，可一旦听到分贝稍微大一点的声音，比如大声的话语、突然的咳嗽声、关门的声响等，她就会抓狂，大喊大叫，久久不能平静，非得将自己折腾至不能动弹为止。

我点点头，说："那治疗方式呢？"

孙医生介绍说，对于这种惊吓过度的治疗方式，他们院方一般是采用电击疗法。之前多起类似的病例，均采用此法治愈。然而不知为什么，此法用在吴青莲身上却效果不佳。近来，她的病症愈加严重了，有时候，只是一个急促的呼吸声都会令她情绪失控，并有妄想症产生。

孙医生认为她的病因并非惊吓过度，而是幻想其室友下蛊造成的神经衰弱。为了稳住她的病情，院方特别为吴青莲安排了一间隔音效果非常好的单人病房。

通常情况下，医院治疗惊吓过度的患者多采用电击疗法，此法见效最快。不过或许因为我是心理咨询师的缘故吧，我总感觉此法有些过于"残忍"，且治标不治本。

我认为治疗惊吓过度最好的办法还是心理疏导，寻找到问题的根源，症状的源头，然后修复心理问题，强大心灵，下次若有类似情形出现就不会大惊小怪了。

所以当听完孙医生的介绍后，我就想跟吴青莲见面聊聊，但罗老在，就这么直接提出，恐有喧宾夺主之嫌，惹他不快，于是我跟他说："罗老，我可以跟吴青莲聊聊吗？当然了，您必须在旁边帮我压阵，要是我不成了，您再出马，您看成吗？"

罗老是老江湖了，一听我的话就知道我心中的小九九了。

他笑骂道："小鬼头拿话堵我的嘴，跟张勋一个样，插上尾巴就可以成精了。你想跟那个女孩聊聊，应该问孙大夫的意见，而不是问我。"

孙医生也笑了："当然可以了，欧阳也是专业的心理咨询师，很多事情不需要我交代了。不过，我还是要提醒一句，跟她交谈比较困难，或者说比你们想象的要困难。现在她非常敏感，一有个什么风吹草动，就会失控。"

孙医生带着我和罗老去了吴青莲的病房。为了避免人多口杂，惊吓到她，孙杰辉和罗老留在了门口，我则和一位一直护理吴青莲的女护士进到了房内。

吴青莲被那三名壮汉送回病房后，主治医生就给她注射了镇静剂，因此当我进到房里的时候，她静静地躺在床上，温顺得像一只小绵羊。要不是先前亲自领教过她的厉害，真是打死我也不相信，眼前这个安静如莲的气质女神就是之前那个一脸狰狞、情绪濒临崩溃的绝望女人。

在我进去之前，女护士早已跟她沟通过了，再加上她注射过镇静剂，刚开始我们的交谈还算顺利。

她一见我就迫不及待地说："欧阳心理师，我没有疯，我之所以会变得如此狂躁，其实是我那几个室友给我下了蛊。"

我低声反问道："下蛊？"

她应声道："你相信我，我真的没有疯，我确实是中蛊了！"

我问她："你为什么会觉得自己中了蛊呢？"

她解释道："我的胆子虽然不大，但也不算小，怎么可能被她们那一吓我就变成了这样？我和她们几个素来不和，我不喜欢她们，她们也看不惯我。尤其是沈飞飞，我们有过多次不快，我想蛊毒应该就是她下的，她就是个贱人！"

我又问："你为什么确定是沈飞飞对你下的手呢？"

她叹了口气："她上个月曾去湖南的湘西旅游，她本人就喜欢收集邪门歪道的东西，什么巫蛊娃娃、降头术之类的。我看她八成是从湘西那里带回了蛊毒，然后趁我不注意下到了我的身体里，因此我才会如此狂躁。"

我告诉她："我不太了解蛊毒方面的信息，但是孙医生给你做了深入检查后，并未发现你有中毒迹象。"

她语带轻蔑地说："蛊毒是一种很神秘的邪术，哪有那么容易就检测出来的啊？孙医生一直说我是惊吓过度所致，但治了这么久都不见疗效，很显然，我的病症从一开始就被诊断错了。"

她越说越激动："他们都是庸医，都是笨蛋。当务之急，要么从始作俑者沈飞飞那儿获得解药，要么就从湘西那边请来懂行的草鬼婆过来帮我解蛊，而不是像现在这样浪费时间！"

为了稳定她的情绪，我忙安抚道："我们会考虑你的建议的！"

就在我准备跟她深入沟通的时候，外面突然传来"砰"的一声，像是轮胎爆炸的声音。其实响声并不大，但原本安静的吴青莲顿时像变了一个人似的，倏地大喊大叫起来。

她从床上跳到床下，仿佛被一种神秘的力量驱动着，像条蛇一样手舞足蹈地扭着身子，嘴里还不干不净地骂着：“沈飞飞那个千人骑万人跨的贱货，下蛊害我，她不得好死，不得好死啊……等我出去之后，我非撕烂她的嘴不可！还有你们这帮庸医，一个个全都是废物，就知道收钱，不干正事，我要将你们告到卫生局，将你们这破医院告到关闭……”

见状，我和女护士忙过去拉她，想将她拉回床上。可没想到她力气极大，甩手一挥就将女护士甩开了，而我虽然抓住了她，但没几下就被她挣脱了。

我正欲再抓住她，却被她占了先机。她一把掐住了我的脖子，目露凶光地大喊道：“那群贱人，等我出去，我要杀了她们！这些都是她们的阴谋！你们也都是帮凶！”

我拼命地挣扎着，但吴青莲的力气大得惊人，我努力挣脱竟然没有成功。由于缺氧，我的脑袋一下蒙了，眼前也恍惚起来，大脑开始变得空白，意识逐渐在消失。

幸好这时门外的罗老和孙医生听到里面的动静闯了进来，见此情景，忙将我从她手中解救下来，而一旁的女护士也借此机会，又给吴青莲打了一支镇静剂，这才完全将她制服。

这次药剂女护士下得重了点，安静下来的吴青莲躺在床上很快就睡着了。

我坐在一边休息了一下，才从刚才的惊恐中回过神来。

我们一行人出了病房。孙医生见我脖子被吴青莲掐得发红，建议我去他那儿处理一下。我觉得自己并无大碍，不想麻烦他人，所以谢绝了他的好意，然后和罗老一起离开了医院。

在回去的路上，罗老问我："吴青莲的病症，你怎么看？"

"在您面前我哪敢班门弄斧，不过您既然问了，自然是想考验考验我这个小辈，那我就献丑了，如果有不对的地方，您老多多指点。"我客套了一下，"根据孙医生所说的，再加上刚刚吴青莲的反应，她的症状属于惊吓过度这点毋庸置疑，只是她的反应跟一般的惊吓过度有些不同。"

罗老侧眼看看我。

我继续说："通常情况下，惊吓过度的患者多是被吓得精神恍惚、神志不清，而她的思维却很清晰，并直言她之所以变成这样，完全是她那个叫沈飞飞的室友下蛊所致。"

罗老点点头："没错，她确实反复提到被室友沈飞飞下蛊。"

"我想问题很可能就出在这里。"我轻轻摇下了车窗，清爽的风灌进了车厢，"下蛊这种无稽之谈成了她的心魔，甚至是怨念。她一直耿耿于怀，无法放下，自然无法解压，而且越压越多、越压越紧，而孙医生的治疗也并没有错，只是没有根治她的心魔，所以进展不大，成效不佳。"

"看样子你是想回学校找她的那些室友了解一下情况了！"罗老

不愧是老江湖，一听我这么说，就知道我下一步的计划。

“没错，弄清她被惊吓前后发生的事情，我想对她的治疗应该有一定的帮助。”我抬头笑笑说，“罗老，您觉得呢？”

罗老微微颔首说：“眼下孙医生的治疗收效甚微，你这个方法也是个路子，正所谓知其然并知其所以然，方能对症下药。”

罗老措辞有些含糊，吴青莲的事，他从一开始就参与了，但一直未曾有个明确的表态。见他表情凝重，若有所思，我忍不住问道：“罗老，莫非吴青莲的病症并非惊吓过度那么简单？”

罗老没有直接回答，抬起头看着我，反问道：“你有没有发现吴青莲受惊吓时跟一般人受惊吓时的反应有所不同？”

“好像没什么很特别的吧。”我歪着头仔细想着吴青莲先前被吓到时的情形，“如果硬要说有些特别的地方，就是她跳来跳去的方式很奇怪，有点像企鹅在走路。”

“对，就是这一点，她的应激行为有些怪异。”罗老眼睛一亮说，“还有就是她似乎很暴力，上来就掐住你的脖子。”

“感觉应该没什么的吧。”我耸耸肩说，“惊吓过度的人比较神经质，情绪亦容易暴躁，她出现的情况也还算正常吧。”

罗老“嗯”了一声，没有说话，脸上表情依然紧绷绷的。看来他还是非常在意这两点，后来，事实证明他是对的。

第三章

第二天一早，我直接去了学校，找到吴青莲的室友了解情况。

她的那三名女室友一听到她的名字，脸上均现不悦之色，都说不想提她。

看来这个吴青莲说的没错，她与这三位室友的关系确实不太好。没办法，我只好使出撒手锏说，吴青莲一直认定她被吓疯一事是因沈飞飞下蛊所致，如果她们不想澄清也可以，就怕到时候传到其他同学的耳朵里，被人以讹传讹。

这招果然有效。沈飞飞一听坐不住了，她跳了出来说："吴青莲真是一个不折不扣的疯子，她确实病得不轻，药不能停啊，说我给她下蛊？开什么国际玩笑，蛊毒那玩意都是虚构的东西，我上哪儿找蛊毒去？"

我继续挑拨地说："她说你本来就喜欢一些邪门歪道的东西，上个月又去了一趟湖南湘西，猜测蛊毒就是从那里带回来的。"

"上个月我去过湘西不假，我在凤凰古城玩了几天，回来的时候，其他东西没有带，姜糖倒带了一些。"沈飞飞解释道，"大家都盛传湘西有蛊毒，关于这个问题我也问过当地导游，她说相传是有，但作为土著的她，却从来没有见过，反正她不相信有。"

见我仍旧是一脸怀疑，沈飞飞冷哼一声："再说了，现在都什么年代了，如果真有蛊毒的话，她住院那么久，医院早就查出来了。"

室友 A 叫嚣道：“吴青莲这是想诬蔑我们飞飞，害飞飞坐牢！”

室友 B 也应和道：“可惜她用错法子了！”

“纵然如此，吴青莲被吓疯一事跟你们三人有莫大的关系，这点你们总无法否认吧，要不是万圣节那一天你们恶作剧吓唬她，她也不会疯了。”我以退为进地说。

没想到三名女生异口同声地说：“与我们无关。”

沈飞飞气愤地补充道：“真是气死人了，也不知道这谣言从哪里传出来的，我们辟谣了那么多次，依然还有人在传。”

室友 A 接着说：“万圣节那一天的活动是学校统一安排的，我们宿舍也是学校统一布置的，我们没有做任何恶作剧吓唬她。”

室友 B 点头道：“她应该跟你说过吧，我们素来与她不和，彼此看不上，根本都不跟她说话，闹谁也不会闹她呀！”

“那万圣节那一天到底发生了什么事呢？”听到这里，我也觉得沈飞飞三人说得有理，只好追问当天的事情。

“我们也不知道啊。那天晚上，我们三人参加完学校的万圣节派对之后，早早回宿舍睡下了。正睡得迷迷糊糊的，突然听到吴青莲大喊大叫，我们吓了一大跳，忙问她干吗，她不回话，就是一个劲地尖叫。”沈飞飞无奈地说。

“本来，我们也不想管她，但是她实在是太吵了，并且还满宿舍乱跑，吵得我们根本就无法再继续睡下去，我就出去报告了宿管阿姨。”室友 A 继续说，“但是阿姨上来后还是无法劝住吴青莲，她越发癫狂，还乱骂人，什么污秽的话都说得出口，吵得整个宿舍的人都醒了，还有很多其他宿舍的人过来围观，大家都说她疯了。”

“后来校医来了，给她打了一针镇静剂，她才安静下来。”说到这里，室友 B 叹了口气。

“那你们知道她为什么突然大喊大叫吗？”我追问道。

“不知道啊，我们那时候都睡着了，甚至连她什么时候回来的都不知道。”沈飞飞解释道，“我知道我们这么说，大家肯定不信，万幸的是有监控录像为我们做证，不然的话，我们可真是跳进黄河也洗不清了。”

“监控录像？”

“是啊。”沈飞飞指着窗台上说，“就是它。”

我顺着她指的方向看过去，只见窗台上有一个微型的摄像头，我好奇地问：“为什么你们宿舍里会有这玩意啊，学校装的吗？”

“不是。”沈飞飞耸耸肩，“是吴青莲自己装的。”

“她为什么要装监控呢？”我起身走了过去。

“她有丢三落四的毛病，前阵子她丢了一支口红，硬说是我偷的，后来她就在宿舍里装了个监控器。”室友 A 解释道。

“那你们也同意？”我又问。

“我们本来不同意的，认为这很有可能会泄露我们的隐私，但是拗不过她。”室友 B 解释道，“也多亏这监控器那天一直运转着，并且有夜间拍照功能，让我们有证据证明我们的清白，不然的话，吴青莲她父母非将我们吃了不可。”

“那录像还有吗？”我转头问她们，“可以给我看一看吗？”

“我这里有一份备份的。当时吴青莲父母找上门问罪的时候，我们给他们看监控录像时备份的，那时候全校都谣传是我们恶作剧吓疯了吴青莲，为了及时澄清谣言，所以我特意拷贝了一份在我的手机里。”说着，沈飞飞从手机里调出了那份监控录像，然后递给我看。

录像显示：

当天夜里十点钟左右，沈飞飞三人结伴回了宿舍。三人有说有笑，言语间似乎对当天的派对极为满意，回来后还讨论了好一会儿。在此期间，三人陆续出门去水房洗漱，大概在十点半钟的时候，三人上床睡觉了，并很快传来轻鼾声。

虽然宿舍里布置了一些与万圣节有关的贴纸和南瓜灯，但总体看上去并不可怕，在我看来甚至有些搞笑和可爱。

我快进了视频。时间到了十二点钟左右，吴青莲回来了。她踩着轻快的步伐，哼着小曲。看样子当晚她也玩得很开心。

她打开了床头的壁灯，脱了外套，正对着镜子卸妆。

这时，她突然尖叫一声，然后扭头往身后看，身后什么都没有，但是她却似乎吓得不轻，脸色全都白了，然后失控地大喊大叫起来，将原先睡熟的沈飞飞三人吵醒了。

沈飞飞揉着眼睛问她：“吴青莲，你干吗呢！”

室友 A 也质问道：“就是，大晚上的不睡觉，乱叫什么呢？”

吴青莲没有回复，只是来回地跳来跳去，像只企鹅一样，怪异又滑稽。

沈飞飞又说了她一句，还是没有得到回应。她和室友 A、B 想拉住她，但都被她甩开了。室友 A 摆摆手，说："算了，别拉她了。"

室友 B 也说："我看她是疯了，我们下楼去叫宿管阿姨上来看看吧。"

沈飞飞应了一声出去了，很快就带着宿管阿姨回来了，但依然没有用。不管宿管阿姨怎么问吴青莲，她都不吭声，就是一直满宿舍地窜来窜去，持续发出尖叫声。

她这么折腾，很快将整层楼的学生都吵醒了。

不少人前来打探消息，走廊里闹哄哄的，这更加刺激到了吴青莲。她越发癫狂起来，撕着自己的衣服，嘴里污秽不堪，不断地大骂着沈飞飞等人。

宿管阿姨也没招了，她要沈飞飞等人强行拉住她，当控制住整个局面后，她立刻打电话给校医。

很快校医就上来了，他给吴青莲打了一支镇静剂后，她才像泄了气的皮球一样软下去了。众人随后将吴青莲抬到床上。

录像到了这里就结束了。

沈飞飞见我看完了，略有些委屈地说："你看到了吧，自始至终我们都没有吓唬她，是她自己突然发起疯来的，跟我们一点关系都没有，我们是被冤枉的！"

室友 A 帮腔道："最郁闷的是，我们帮了她的忙，不但被她臭骂了一顿，还被大家误解，好人难做啊！”

我没有接她的话，一边将录像往回倒，一边问：“吴青莲好像是突然从镜子里看到了什么才失控的。你知道她当时看到了什么吗？”

室友 A 摇摇头，说：“不知道。”

沈飞飞点头道：“其实，事后我们也仔细翻看过录像视频，没有在里面发现什么可疑的东西。”

室友 B 补充道：“我们猜测应该是被原先贴在天花板上的鬼脸贴纸吓到了吧。”

我将录像拉回吴青莲突然尖叫时的地方，仔细翻看了几次，确实也没发现什么可疑之处，不过从她随后立刻扭头往后看的动作来分析，很可能是背后有什么东西掉下来，惊吓到了她。

正如沈飞飞所说，录像全程，她们三人都没有吓唬她，更不存在所谓的整蛊，那么为什么吴青莲会口口声声地说是沈飞飞在她身上下蛊呢？

既然无法从监控视频寻找线索，要想得到更多有用的信息，看来得从她们四人的关系入手了。

我问沈飞飞：“刚刚一提到吴青莲，你们三人脸上都露出不屑的表情，你们三人挺反感她的，她也说和你们的关系不好，可以告诉我这其中的原因吗？”

沈飞飞三人面面相觑，谁都没有说话，但我看得出来，她们都在犹豫。

毕竟，现在吴青莲出了事，如果说太多的话，总是对自己不太好。

见她们都不愿意开口，我换了一个方式继续问：“我知道你们三人都挺烦她的，但是话又说回来了，大家毕竟同学一场，抬头不见低头见，她现在病情极不稳定，非常需要你们的帮助，还望看在同学的分上施以援手。”

听我这么说，沈飞飞看了看室友 A 和 B，这才开口道：“其实吴青莲这人说不上坏吧，就是自视甚高，看不起我们，也不大爱搭理我们，做事我行我素的，一切以她为中心，一点没说到或者做到她心里预期的话，她就翻脸不认人。”

见沈飞飞说了，室友 A 和 B 也纷纷帮腔。

沈飞飞继续道：“我跟她不和，主要是因为她老是当我是她的奴仆，要我干这干那，好像她天生就是主人一样。就算帮她做事，我也不愿意计较，关键是到了最后还落不到一句好。刚开始，我是看在同学分上帮她的忙，没想到她却变本加厉，一言不合就骂我。我一不欠她什么，二没吃喝她什么，凭什么让她骑在我头上，所以就跟她吵了起来，然后不欢而散，之后就互不理会了。”

说到这里，沈飞飞有些激动：“咱们宿舍里，就我最不吃她那一套了，因此她诬蔑我给她下蛊我一点也不奇怪，只是觉得她的伎俩太小儿科了吧。”

“吴青莲除了自视甚高，还特爱装，心机也特别深。在我们面前一套，在男生面前又是一套。她明明胆子并不小，经常没事就窝在宿舍里看恐怖片，但在男生面前却总是装成一副楚楚可怜的样子，怕这怕那的，看着挺恶心的。不过，男生好像特吃她这一套，每每都被她耍得团团转。”室友 A 接着说，“我现在怀疑啊，她发疯是在做戏。上一回她为了试探几个追求她的男生，假装自己生病了，惹得那几个男生争风吃醋地前来照顾她，差点都打起来了。这一次说不定她又是故技重演呢！”

她刚刚说完，室友 B 也跳出来说：“我也认为她现在是在装病，为的就是博大家的同情，尤其是那几个追她的男生的怜惜。”

室友 A 连连点头：“上次她装病被那几个追她的男生知道真相后，他们就对她冷淡了许多，这次听说一个也没去医院看她呢，我估计她是苦肉计演砸了，骑虎难下，只好继续装疯卖傻。”

室友 B 冷笑一声：“她以为自己有几个臭钱，长得有几分姿色，大家就得围着她转啊。真是太把自己当回事了。”

沈飞飞示意她们适可而止，转而对我说：“欧阳心理师，我们说的都是真的，你千万不要被她的外表蒙骗了，因为你根本就不了解她。我建议你就别管她了，对付她这种人最好的办法就是晾着她，你越这么关心她，她就越来劲，你不管她，估计过些天，她就好了，自己回学校了。”

虽然知道她们之间的关系很差，但听沈飞飞三人如此说，还是出乎我的意料。

她们对她如此痛恨，我再继续这么问下去只会听到更多的闲言闲语。在人背后说闲话不好，所以我跟她们保证地说完——吴青莲这次是真的病了，绝对不是装病——之后就下楼了。

这次找沈飞飞等人了解情况，从她们口中，大概可以看出吴青莲是个自视甚高、以自我为中心且胆子还很大的女生。首先可以确认的是这次她的症状属于急性突发，之前毫无征兆；其次她认为自己之所以被吓疯完全是沈飞飞下蛊所致，缘由估计跟她和沈飞飞的矛盾、沈飞飞去湘西旅游以及喜欢看恐怖片有关；最后她病发时像企鹅一样跳来跳去确实有些奇怪，前一天罗老还特别跟我指出这一点，让我不得不慎重对待。

综合以上三点，我仔细想了想，觉得自己应该去学校的图书馆查查相关文献，看看惊吓过度是否还有更奇特的并发症。

第四章

于是，我即刻前往学校的图书馆。

图书馆里很安静，我在门口买了一杯咖啡就上了楼。

说真的，离开学校那么多年了，再次踏入大学的图书馆，有一种莫名的兴奋和怀念之感。

我上楼的时候看到了两个下楼的女生，抱着图书和咖啡，轻声交谈着，让我恍然想到了大学时代，去图书馆偷看暗恋女生的画面。

我按照指示牌顺利找到了心理学专区。

我刚刚走进去，就看到对面阅览区罗老正在聚精会神地翻看着文献。一旁的桌上垒着老高的心理学著作，他一边翻看，一边细致地做着记录。

看来他也是跟我一样来找资料的。我径直走了过去，跟他打了一声招呼。

罗老抬头看着我，笑眯眯地说："你来了？"

我点点头。

他又问："找吴青莲室友问完了？"

我坐到了他旁边，回道："问完了。但正如您上次所说的，吴青莲的病症非常奇怪，此行我的收获不多。"

罗老笑笑说："所以你想来图书馆查查文献？"

我也笑了："是啊，没想到您老也在啊。"

随后，我将找沈飞飞等人了解情况的过程跟罗老说了一遍，说完之后，兴奋地问："罗老，看您神采飞扬的，看样子是已经找到吴青莲的病根了吧？"

罗老没有直接回答，反问我："缅因州跳跃的法国人症候群，你听说过吗？"

"没有。"我一脸茫然。

"你没听说过是很正常的，这种病症是一种极为罕见的惊吓反射和惊吓综合征，相关研究文献也甚少。”罗老解释道，“我也是之前在一本医学杂志上无意中看到过只字片语，但记得不是太清楚，这次见吴青莲的病症如此怪异，突然想起那篇报道，所以一大早就赶来图书馆查资料。”

“那您查到了吗？”我追问道。

“总算没有白费功夫，竟然被我找到了。”罗老指着手上的一篇论文资料说，“缅因州跳跃的法国人症候群，原名叫 Jumping Frenchman of Maine，1878 年最先发现于美国缅因州。当时有许多的法裔加拿大伐木工人不知道受了什么刺激，忽然反常地跳跃并且尖叫，因而才有了这样特殊的病名。”

罗老一边将资料交给我，一边继续说：“正确的译名是过度惊跳症，其特征是患者受到刺激后，会出现不受控制的跳跃或者因惊吓而摔倒，甚至出现暴力行为。”

听罗老说到这里，我想到了吴青莲不由自主的企鹅跳，这个最奇怪的症状终于被对号入座了。

我真没想到惊吓过度竟然会诱发出如此奇特的病症，当真是闻所未闻啊！

我忙问道：“那么这种病症可有什么有效治疗办法吗？为什么同属惊吓过度，孙医生的电击疗法竟然对它没有任何效果？”

罗老摇头道：“好像没有，上面说由于缺乏详细的生理学研究，关于此病症目前没有明显有效的治疗方法。”

“那该怎么办呢？”我有些失落。

“该文献只是为临床提供诊断思路，认为过度惊跳症是一种很复杂的病症，不单是生理问题或者心理问题，而是两方面综合起来导致的疾病。”罗老解释道，“要从它的临床表现、电生理学及分子遗传学来入手。”

“这么看的话，吴青莲要当小白鼠了。”我心中一黯。

“话也不是这么说的，所有的病症不都是这样通过具体个案，深入研究慢慢攻破，再形成共性特征和治疗方案吗？”罗老宽慰地说，“希望通过对吴青莲疾病特征的研究，能为治疗缅因州跳跃的法国人症候群提供更多的帮助。”

由于吴青莲的病症已经超过我们的治疗范畴，我们唯一能做的是将缅因州跳跃的法国人症候群相关资料提交给孙医生那边，希望院方借助精密的仪器和严谨的科学实验，早日能为此病症的治愈寻得突破。

然而这个病太奇特，能找到的资料并不多，且大部分资料都语焉不详，孙医生的研究进展不佳。因为长时间被这种受惊吓的状态困扰，吴青莲的病情加剧了，她的心脏也出现了问题。如果这样的情况持续下去，那就不只是简单的心理问题了。

我看在眼里，急在心里，为了得到更多的数据和资料，我给挪威高士塔医院的一位老教授发了封电子邮件，将吴青莲的病情做了介绍，寻求他的帮助。

很快，挪威的老教授回了我的邮件。

他说这种病由于太罕见，高士塔医院也缺少一手研究数据，建议将吴青莲送来高士塔医治。送到高士塔诊疗自是再好不过了，但高额的医疗费可不是一般人能承担得起的，好在吴青莲家境不错。当我将消息告知吴青莲父母，他们欣然同意了。

随后，我协调孙医生和高士塔医院办理转院事宜。很快，吴青莲就被送到了挪威。

转院那一天，我送他们上了车：吴青莲静静地躺在担架上，看上去十分安静优雅。若不是手臂上满是触目惊心的针孔，提醒着她异于常人，真是像极了睡美人。

然而，正是因为这样，我的心更加疼了。想到之前对她的承诺，这让我深感愧疚，总觉得对不起她。

他们离开之后，我的耳边还会响起吴青莲说过的那些话，心里仿佛有根刺，越扎越深。庆幸的是，没过多久，吴青莲的情况就得到了控制，虽然现在她依然还在高士塔医院接受治疗，但已经有好转的迹象了。

老教授专门给我发来邮件，说医院已经为吴青莲制订了长期治疗计划，相信假以时日，她会恢复正常的。

而我呢，为期三个月的义诊很快就结束了。

临走前，我突然想起罗老和张哥之间的纠葛，眼下正是个弄清楚的好时机，反正我要走了，不怕得罪罗老，因此我爹着胆子说：

“罗老，有件事我如鲠在喉已经三个月了。现在马上要回去了，不知道您能不能告诉我一下，不然的话，我憋得难受啊！”

“你是想问我跟张勋那小子的事吧？”我这点心思罗老早就看出来了。

“没错，就是这件事。”我连连点头，“张哥是不是得罪过您啊？他的确交代过我在您面前千万别提他。”

罗老淡淡地笑笑。

“张哥这人向来天不怕地不怕，连我姨妈都让他三分，但是当他提到你的时候，我明显看他有些服软。”

“得罪我？没有的事。”罗老解释道，“只不过我来这所大学前，张勋那臭小子和我孙女分手了，搞得她要死要活的，我差点就没治好她。”

张勋和罗老的孙女竟然曾是男女朋友！

他差一点就成了罗老的孙女婿。

我的天哪，这简直就是惊天大新闻！

怪不得他千叮咛万嘱咐地让我不要在罗老面前提起他呢，原来真正的原因竟然是爱情惹的祸！

见我不说话了，罗老拍着我的肩膀说：“我看你是张勋带出来的，你以后可别学他，仗着自己长得帅，到处拈花惹草的。”

我摆摆手，说：“您放心吧，我肯定不会的。”

我哪敢告诉他，我的空闲时间都被张哥占据了，根本没有时间追女孩，谈恋爱。

“你们这些年轻人学了心理学，都要用到正道上。”罗老语重心长地说，“别拿来追女人用。”

我暗自惊喜，还以为罗老掌握了张哥什么把柄呢，正想从他口中获得“重大机密”以便对付张哥的无理要挟。

不过见张哥对此事如此耿耿于怀，过了这么久了，都不敢直接面对罗老，我觉得这件事还是可以再利用一下的。

回去之后，我就将这事借题发挥怒怼张哥，说他风流成性，私生活混乱。

结果被他将了一军，张哥凑过来如是说：“哎哟，看来罗老头什么都告诉你了啊。没错，我是跟罗老头的孙女谈过，怎么了？你对我的过去那么感兴趣啊，其实你用不着去调查，你想知道什么，我直接告诉你好了！”

“有话好好说，别动不动凑过来，你又躲在厕所抽烟了吧，一身的烟味，都有点呛到我了。”我一把将他推开，“非常抱歉，我对你的过去一点都不感兴趣。”

张哥嘿嘿自嘲了两声：“不管怎么样，这一趟还是辛苦你了。”

看到张哥难得表示感谢，我趁机道：“那你要请我吃饭。”

张哥勾住我的脖子，撩起我的下巴，笑着说：“好，吃了这顿饭，你就是我的人了。”

“滚蛋！”

NO.04

有个奇怪的男人一直跟踪我

案例编号：120688733			
姓名	王初心	职业	专职作家
性别	女	婚姻	未婚
年龄	27	住址	北京朝阳区
症状情况	总觉得有个奇怪的男人一直跟踪、骚扰她，致使她惶惶不可终日		
治疗结果	成功		

第一章

我和张哥有个共同的好友叫李达，他是一名警察，我们三人被安翠芳称为“铁三角”，没事就会聚在一起吃吃饭，吹吹牛，有时候，他也会找我们帮他参谋参谋所遇到的一些奇怪的案件。在这些案件里，王初心的故事算是一桩比较离奇的事件了。

王初心的故事要从一个报警电话开始。

那天，110报警系统接线员接到了一个自称“林美君”的女人报警。

对方称，有人跟踪她好几天了，此刻就在她家门外，她很害怕，不敢出去，只好报警。接线员获知了她地址在高桥大街附近后，立马联系了负责那一片区的派出所，该所很快出警前往报案地点。

不料，车到半途堵车了。

那时候，我们的老熟人李达李警官正好住在高桥大街附近，出警的民警只好打电话给他，拜托他前往查看。正在休班的老李挂断电话后，立刻就赶了过去。

报案地址是一个单身公寓，报警人的408室房间位于公寓西北角最后一间。由于是工作日，偌大的公寓显得空荡荡的，李达来到报警人门口，并未发现任何可疑人员。他一边敲门，一边说："你好，请问是林美君家吗？"

见无人回应，李达加大了音量："林美君在家吗？我是派出所的警察，刚刚接到你的报警电话，你没事吧？"

但是半天也不见人应答，李达又敲了敲，还是没人应答。

他有点急了，心想着莫非里面出事了？正想下楼去找物业开门。

这时候，里面传来窸窸窣窣的声音，李达停下了脚步，又走到门前，似乎有人正凑近猫眼往外看。

于是，李达再次敲门道："有人在吗？"

还是没人回应。

李达知道房间里有人，他强压着怒气，说："你好，我是警察！"

这时候，里面传出一个试探性的女声："你是警察？"

李达松了口气："没错，我是附近派出所的警察，我叫李达。"

女声仍旧质疑道："那为什么不见你穿警服？"

"我今天休班，同事接到你的报警已经在赶往这里的路上了，但车堵在路上，害怕你出事，拜托我过来看一下。"这时候，李达将自己的警察证亮了出来，贴到了猫眼上，"这是我的警察证。"

李达的一番解释打消了女声的质疑。

门很快开了，一个怀里抱着一条萨摩耶犬（林美君将它唤作“泰迪”）的女人将李达请了进来，并抱歉地说：“李警官，刚才见你没穿警服，还以为是个骗子呢，真是不好意思。”

李达淡然一笑：“没关系。”

屋子里的摆设很简单，就一张床、一张沙发和一个电脑桌。桌上有些零碎的食物，角落里还有一个小型的狗窝。

不过让李达奇怪的是，大白天的，女人的门窗却紧闭着，并且还拉上了厚厚的窗帘，全靠大厅里的灯泡照明。

一股隐约的阴森感油然而生。

女人似乎看出了李达的疑惑，忙解释道：“李警官，我是一个专职作家，习惯在暗一点的环境里写作，让你见笑了。”

李达应了一声，心中释然，想到此行的目的，他问：“你是林美君吗？刚刚报警的人是你吧？”

“没错，我是林美君，刚刚是我报的警。”这个叫林美君的女人连连点头。

“你说有人跟踪你？”李达问道。

“没错。”

“你具体说说吧，这是怎么回事？”

林美君似乎依然惊魂未定，脸色苍白得可怕，身子不时抽动着。她将手上的萨摩耶犬放在地上，心有余悸地说：“事情是这样的，前些天，我每次出门总感觉怪怪的，好像被人盯着一样，但我也没有在意。”

林美君稍稍平复了情绪，继续说：“十五分钟前，我想出去买点东西，结果一开门就发现他在拐角处往我这边看，一看到我开门，他竟然没有跑，反倒朝我这边一摇一晃地跑了过来，吓得我赶紧把门关了……”

李达追问道：“然后呢？”

林美君抿了抿嘴唇，极力压抑着心中的恐惧：“几分钟后，我以为他走了，透过猫眼一看，发现他就站在我家门口。他似乎发现了我正在看他，竟然龇牙咧嘴地冲着我阴笑，我被吓坏了，连忙报了警。”

李达恍然大悟道：“刚刚你以为我是他假装警察在敲门，所以不敢吭声？”

林美君连连点头。

“你不用害怕，现在没事了。”李达宽慰了她两句，然后问，“你能简单描述一下那个男人的基本体貌特征吗？比如高矮、胖瘦、年龄、肤色和衣着等？”

林美君的萨摩耶犬在她脚下蹭来蹭去，她又将它抱在怀里，一边抚摸着狗狗，一边回忆道：“他个子不高，看起来有一米六五左右。很胖，体型有点像俄罗斯套娃，走路摇摇摆摆的。好像还很怕热，一直拿纸巾擦汗。年龄二十五六岁的样子，皮肤偏黄，穿着花衬衫。”

“这人你认识吗？”李达一边问，一边做笔录。

“不认识。”林美君摇摇头。

“你是从什么时候开始发现他在跟踪你？”李达抬眼问道，“能回忆起具体的时间、地点和细节吗？”

“一开始，我只是有被跟踪的感觉，直至三天前。那天中午我从物美买东西出来，而他正要进去，我和他擦肩而过，因为那天不热，他却一直在擦汗，所以我对他印象很深，差点都想劝他多运动，别胖出病来。第二天下午，我外出倒垃圾，在楼下又见到了他，一开始我以为是巧合，猜想他估计是新搬进来的邻居吧，但是到了第三天早上，等我起来开窗通风的时候，我竟然在对面的马路上又看到了他。他那擦汗的动作很大，像在赶围着他的蚊子一样，远远地就看出是他了。”林美君解释道，“虽然觉得很奇怪，但我还是没往坏处想，直到今天，他鬼鬼祟祟地站在我家门口又不说话，还对我阴笑，我才怀疑，他很可能就是跟踪、偷窥我的人！”

“确实有点不对劲。”李达随后安慰地说，“不过没关系，我们警方会调查清楚的。”

“那我……”很显然，林美君还是担忧自己的安全。

“林女士，最近这两天呢，你最好减少外出的次数，另外门窗都关闭好，别轻易给陌生人开门。”李达嘱咐道，“如果发现有可疑人，随时报警。我就住在附近，你打我的电话也成，我会及时赶过来。”

林美君点点头。

李达将自己的电话号码给了她，又详细问了一些细节，准备离开。

告别了林美君，他下到楼下一看同事还没到，于是电话告知了一下情况，并自告奋勇将案子承接了过来，他的那两名同事自是感谢连连。

与同事结束通话后，李达走向了保安亭。

这个社区的管理还算严格，出入都会进行登记和身份核实。李达进来之前，值班的保安就曾核实过他的身份，知道他是警察后，才将他放进来。

值班的还是之前的那个圆脸保安，他见了李达，笑着招呼说：“李警官，你忙完了？”

“还没有呢，还有些问题需要调查清楚。”李达朝着出入口努嘴问道，“咱们社区出入就只有这一个口吗？”

“没错，就只有这一个出入口。”圆脸保安连连点头，“李警官，是不是我们社区有户主家里招贼了？”

“别紧张，不是招贼。”李达解释道，“是一位女士报警说，最近有可疑的人跟着她，刚刚还跑到她家门口骚扰，所以我才过来看看。”

“那名女士……”圆脸保安眉头一皱，“该不会是408号房的那位林女士吧？”

“就是她，听你的意思，好像一点都不吃惊，那名女士怎么了？”

李达见保安如此，心里有些纳闷。

“那名女士好像精神有点问题。”圆脸保安说道。

“精神有问题？”李达来了兴致，从口袋里摸出香烟，弹了一根，递给了圆脸保安。

“没错，她搬进我们公寓有一年多了吧。”圆脸保安回忆道，“刚开始人还挺好的，进出门都会跟我们打招呼，说笑。但是交流多了之后，我逐渐发现，她这个人翻脸比翻书还快，一个不高兴就甩脸，后来我们都不爱跟她说话了，结果她向我们公司说我们不够热情，投诉我们。”

“因为不够热情就投诉？”李达感觉非常不可思议。

“就因为这事，保安们背地里没少骂她，但表面上还得装得和和气气，不敢怠慢。”圆脸保安无奈地说，“更过分的是，前不久，她突然跑到值班室说自己家里招贼了，问她丢了什么，她又不说，就是一个劲地说丢东西了，要我们赔，不然就去保安公司处投诉我们。”

“如果这么做的话，就有点无理取闹了。”李达回道。

“谁说不是呢，我们耐心向她说明，她就是不听，后来，我们也懒得搭理她了，她上门找了几次后，也就没再来了。”圆脸保安无奈地说，“整个社区就她莫名其妙，跟有病似的，所以你一说什么报警跟踪，我就立马想到她了，她肯定是上次找麻烦没找着，这次报假警想将事情闹大，抹黑我们保安队和保安公司！”

“不过那名女士看上去柔柔弱弱的，不像是那种无理取闹的人。”李达半信半疑地说。

“不像？”圆脸保安苦笑了一声，“李警官，你是不知道，那女人特能装的。上次风波之后，没几天她就像什么事情没发生似的，跟我们打招呼，又是有说有笑，都不知道她到底是怎么想的。”

“好了，咱们不谈其他的了。既然她报了警，那么我们警察就有义务查清楚。你们作为社区的保安，也有义务为住户解决问题。”李达转入主题，“咱们社区里有没有一个个子不高，老爱出汗，走路一摇一摆的胖男子，他穿着花衬衫或者相似图案的衣服？”

“这个就不大清楚了，咱们社区的住户主要是普通上班族，流动性较大，而我也刚刚来这儿上班不到半年时间。”圆脸保安想了想，“如果你不着急的话，可以等明天其他保安接班了，问问他们。”

“你这儿有监控器吧？”李达又问。

“有。”圆脸保安点点头。

“你将监控视频调出来看看。”李达说道。

圆脸保安应了一声，随即带李达进入了监控室，将社区各个监控点的视频都调了出来。

李达先查看了一小时前的监控，但并未在视频中发现林美君所提到的那个胖男子。随后，他陆续将更早的监控调出来查看，为了缩短时间，他采用快进的方式，跳过了一些无关紧要的画面，然而看完了当天一天的监控视频也没有找到那个人！

圆脸保安以一副“早就知道这个结果”的表情说：“你看到了吧，今天一天进出那么多人，就是没有那个林女士说的那个人，她很明显就是在骗你，上次她抹黑我们没得逞，于是又来这一招了。”

“是不是报假警，我们会查清的。”李达嘱咐道，“如果最近你看到有这么一个人，或者想起和我描述相似的人，记得向我们警方报告。”

圆脸保安连连点头答应。

离开之前，李达留下了联系方式。

虽然没有从监控视频中找到林美君说的那个胖男子，但李达心里早有计较。他离开了保安亭，围着整个社区走了一圈，果然在东南角发现了问题。

此处的围墙铁栏杆不知道什么时候被人撬走了两根，出现了一个破洞，因为紧挨着路上的公交站，所以这里成了一条“捷径”，不时可见里面的住户穿洞出来，前去搭乘公交车。

那个爱出汗的胖男人或许就是从这里溜进去的。

李达见附近有些商家，于是跑过去询问了一下关于这个男人的情况，连问了好几个店面，都回答从未见过。

鉴于当前情况，男子只是涉嫌骚扰，且未对报警人造成任何侵害，暂时没必要大规模地调查，连问数人未果后李达就回家了。

第二章

像林美君这样的骚扰案，李达每个月都会接待处理一两起，一般都是以治安处罚结案，所以当时他也并未太在意，过了两天也就忘了。

不料一周之后，林美君突然打电话给他说："李警官，那个人又来了，他还说要杀我，杀我……"电话里林美君带着哭声，言语里尽是恐惧。

李达一听觉得不妙，忙问道："林女士，你不要着急，慢慢说，到底怎么回事？那人又来骚扰你了吗？"

"嗯……情况好像更糟糕了……"林美君颤颤巍巍地说，"李警官，上次你来了之后……那个爱出汗的男人……就一直没有再出现……我以为他不会再来骚扰我了……但是这两天……我家门口出现了三封……"

"信？"李达一惊，"什么信？"

"就是用报纸上的字剪下来拼凑成的奇怪信……"林美君哭哭啼啼地说，"前两封信写着'为什么躲着我'和'我喜欢你'，后面一封写着'爱你爱到杀死你'。"

"你现在在哪里？"李达追问道。

"我在家里……"林美君似乎随时都会情绪崩溃。

"你先别急，将家里的门窗都关好啊，谁来都别开门，我马上过来。”李达稳住林美君后，连忙赶了过去。

林美君见了李达像见了救星一样，直接扑到了他的怀里：“李警官，你终于来了，终于来了……”

李达有些尴尬，又不好意思立刻推开林美君，只好安慰道：“林女士，你不要太激动，坐下来慢慢说。”

听到李达这么说，林美君的情绪稳定了许多，不过依然泪眼婆娑，花容失色。

“林女士，你说的那些信呢？”

“李警官，就是这些。”她将那些奇怪的信件递给李达。

李达戴上手套后，接了过来。

信件已经被拆开了，信封是很普通的灰色信封，文具店和商店随处可买。

信纸是常用的明信片。

明信片上粘着三行字，分别是：为什么躲着我，我喜欢你，爱你爱到杀死你。

上面的字全部是从报纸上剪下来，然后粘在上面的。

“你是怎么发现这三封信的？”信的内容一目了然，也没有什么可以深挖的，李达抬眼问道。

“第一封‘为什么躲着我’是前天中午，我外出买东西时在门口发现的。当时以为是个小广告呢，捡起来瞟了一眼后直接丢垃圾桶里了，也没有放在心上。”

“第二封呢？”

“第二封‘我喜欢你’是昨天晚上我的狗狗泰迪叼给我的，那时我正在伏案写作，突然泰迪跳上桌来，嘴里叼着一张纸片，我以为它在吃纸，连忙从它嘴里取下，结果发现是一张与前一天收到的一样的明信片，我赶紧从垃圾桶里将之前丢弃的那一张翻了出来，二者一比，果然一模一样。”

林美君指着那些明信片说：“看着这两张明信片，我不由得想起了前几天那个跟踪者，心里咯噔一声响，本来当晚我就想给你打电话，告知情况，可是一细想，觉得不妥，无凭无据的，或许是什么人的恶作剧吧，这么想着也就按下了。”

李达赞成她的说法，光凭那两封信就将那个爱出汗的胖男人联系起来有些过于牵强。

“那第三封信呢？”李达又问。

林美君深吸了一口气，继续说：“今天早上，我洗漱完毕，正要出门买早餐，刚刚走到门口，就看到有一张字条从外面慢慢地被塞了进来，就像一种不怀好意的试探。我吓坏了，也不敢出声，然后快步凑近猫眼想看看到底是什么人，结果看到一只血红的眼睛。我吓了一大跳，往后退了一步，差点踩到我的泰迪……”

“然后呢？”

“我深吸了一口气，壮着胆子再次凑上去看了一眼，就看到了之前跟踪我的那个爱出汗的胖男子。此时，他正在外面冲着我阴笑，我吓得连退了好几步，大气都不敢出，就那么静静地看着他。不一会儿他转身离开，但是我不敢开门，我害怕他突然再冒出来。直至外面有邻居经过，我才有勇气第三次凑近猫眼看了一眼，确认他真的走了后，我才松了一口气，捡起脚下他塞进来的那张字条，上面竟然写着‘爱你爱到杀死你’。我当时感到脊梁骨上凉气直冒，害怕自己有生命危险，于是赶紧给你打了电话。”

虽然还没有深入研究这三封信，但光从用报纸上的字剪下来拼凑成信这一点来看，这个爱出汗的胖男人动机就十分可疑，这种做法很明显是为了避免被认出字迹。

或许，这件事没有他想得那么简单。

李达不得不慎重对待：“林女士，你说你第一次见到他是在物美，就是公寓对面的那个物美超市吗？”

“是的。”林美君点点头，“就是那里，我经常去那里买东西。”

“我记得你说第二次见到他就在楼下。”李达一边问，一边记录，“当时是怎样的一个情形呢，你可以给我仔细说说吗？”

“那天下午两点多钟吧，我下楼倒垃圾，刚刚走到楼下，就看到对面走来一个胖男人，定睛一看，认出了就是前一天在物美超市门口遇到的那个一直擦着汗的男子。他微笑着对我点了个头，我回敬了一个，我们俩就这样擦肩而过了。”林美君回忆道，“丢完垃圾后，我就回房了。”

“当时，除了你俩，可还有第三人在场？”李达不放过任何一个细节。

“没有，没有了。”林美君摇头说，“那天是正常的工作日，我们这个公寓住的多数是朝九晚五的上班族。我的印象中，好像没有看到其他人。”

“你第三次见到他时，也没有其他人在场吗？”李达继续问道。

“也没有。”林美君无奈地说。

“你已经见过他多次了，想必他的样子你应该已经有确切印象了。”李达抬眼问道，“你能不能具体描述一下他的外貌特征。”

“留着个平头吧，婴儿肥的脸，眉毛很粗，眼睛不大，双下巴，笑起来的时候左脸有个酒窝。除了一直不停地擦汗略显怪异，看起来挺憨厚的样子。”林美君细致地描述道。

李达做好笔录后，严肃地跟林美君说：“林女士，虽然目前还不知道这个胖男子的目的，但很显然他的动机不纯。你在北京可有什么亲戚朋友？安全起见，你这两天最好请他们过来陪你住几天。”

“没有，”林美君摇摇头，“我父母在老家，我在北京没什么朋友。近几年我闭门谢客，一直闷在家里写作，甚少与外界接触。”

“你老家哪里的？”

“辽宁沈阳。”

“那这样吧，你还是按照我上次说的，门窗都关好，尽量减少外出次数，尤其是晚上，能不出门就别出门了。我尽快将这事调查清楚，把那个骚扰你的男人找出来。”李达嘱咐道，“在此期间，你务必提高警惕，保护好自己。”

李达又宽慰了林美君几句，随后拿着那三封怪信离开了。

他先去了大门口的保安亭查看了公寓的出入监控记录，但又是一无所获。然后找到了物业办公室，说明了情况，并指出了东南角那处安全隐患。他怀疑那个胖男人又是从那个缺口里混进来的。

物业办公室的工作人员听后非常重视，也极为配合，立马找人修补了墙壁上的铁栅栏。临走时，李达又嘱咐物业方面近日严控进出人员，一旦发现可疑分子，立刻报警。

回到派出所后，李达稍作停留，立马将那三封怪信送往局鉴定科室，拜托同事看看能不能在纸上找到威胁者的指纹或者其他线索。

不过，这个可能性很低。因为信上的字是从报纸上剪下来的，那么威胁者从一开始就有预谋，连笔迹都不想让别人认出来，指纹估计更加够呛了。

李达想了想，又找来鉴定科画像组的同事，复述了林美君所说的那个胖男人，然后请同事一笔一画勾画出来。他这么做是万一那三封怪信没有找到什么有价值的线索，还可以按照画像去找人。

画像还没有画完，鉴定科室的同事就拿着检验报告过来了，进门就说：“老李，三封信里就找到一个人的指纹。经过大数据对比，这个指纹属于一个叫王初心的女人。”

“王初心？”

“这是那个女人的照片和相关材料。”说着，同事将检验报告交给了李达。

李达接过来一看，一时愣在了那里。

照片上的女人不是别人，竟然就是林美君！

王初心就是林美君？

这到底是怎么回事？

林美君拿过那三封怪信，上面有她的指纹一点都不奇怪，但奇怪的是资料上显示她的真名是叫王初心。

她为什么要隐瞒自己的真实姓名？

如果向别人隐瞒还说得过去，他是警察，她根本没有必要这么做的。

这么说来，事情似乎就没有他想象的那么简单了。

李达眉头微皱，他问鉴定科室的同事："除了这个指纹，还有什么发现吗？"

鉴定科室的同事回答道："没有了，这三封信呢，信封随处可买，没有追查的必要了。明信片是北京邮局印制的长城明信片，这种明信片在市面上非常受欢迎，也是随处可见，网上、超市、文具店基本都有的卖；粘字的胶水也是市面上很常见的 502 胶水，来源太多，无处可查；至于上面的字呢，虽然暂时还不知道出自哪些报纸，不过处理手法很娴熟，整体做得很干净，没有留下任何有价值或者可追查的线索。"

"既然这样，那我就心里有数了。"虽然早知是这样的结果，李达听到这些后，还是微微有些失望。

“有什么问题你再来找我们。”鉴定科室的同事客气道。

“好的，辛苦你们了！”

“那就这样了。”鉴定科室的同事说着起身离开，“老李，我先走了！”

鉴定科室的同事走了，李达却陷入了沉思。他实在有些想不通，林美君，不，应该说是这个王初心为什么要隐瞒自己的身份呢？

一旁负责画像的同事见李达眉头紧皱且沉默不语，问了一句：“老李，有什么问题吗？”

李达于是将心中的疑问告知了一下。

画像的同事笑了笑说：“这其实也没什么的，你不是说那个女的是个作家嘛，林美君或许是她的笔名呢！”

听到同事这么说，李达拍了一下额头，心中释然地说：“对对对，我怎么忘了这茬了，基本上作家都会另取一个名字作为笔名，有的作家甚至会以笔名自称……唉，我这脑子，还以为这里面有什么猫腻呢，忙糊涂了，忙糊涂了！”

他正这么说着，手机突然响了。他从口袋摸出来一看，是林美君，他随手接了起来，刚刚接通，那边就传来了凄厉的狗叫声。

李达一听神情大变，急忙问道：“是林女士吗？”

对方没有回应。

“林女士，你在吗？”李达追问道，“请问，你那边发生什么事了？”

对方仍旧没有回答，电话那头只是断断续续地传来悲鸣的狗叫声。李达急了，不停追问着，但电话随即就被挂断了。

难道是那个爱出汗的胖男人找上门了？

李达越想越怕，心想林美君千万别出什么意外。

他忙回拨了过去，但电话没人接。他再次重拨，还是没人接听。他急了，跟画像的同事说了一句“我有急事先走了，你继续帮我画着”后，就急匆匆走了。

下楼的时候，他给派出所的同事打了电话，让他们立刻赶过去。

李达发动了车子，也迅速出发。真是屋漏偏逢连阴雨，车子快到的时候，前方突然发生车祸。

李达直接将车子停在路边，以百米冲刺的速度赶了过去。

很快，李达就跑到了单身公寓，上了四楼。

他走到 408 室门口时，心不由得一沉，因为门是虚掩着的。这女作家不会出事了吧？她那么弱小，如果真的是那个壮硕的胖男人闯了进去，她肯定不是对方的对手。

他调整了呼吸，摸出了手枪，悄悄推门而进。

空气里透出淡淡的腥气，房间里有些幽暗，窗帘都被拉下了，屋里只亮着一盏很暗的台灯，看不清整个房间里的情况。

如果是第一次来，这种情形对李达来说极为不利，幸好上次他过来的时候，多做了观察，对于这个房间的基本布局有所了解。

他一手持枪警戒，一手缓缓按亮了房间里的灯。

灯亮起来的瞬间，他看见对面的角落站着一个穿着黑色披风的人。

那个人手上拿着一把刀，刀上有血，地上的血滴已经凝结了，那暗红色像极了快要凋谢的梅花。

林美君不会被害了吧？

眼下，也容不得李达想那么多了。

“警察，不许动！”李达嗅到了危险，抬手将枪指向对方，大声喝道，“把刀放下！”

那个人像是没听见似的，站在那里一动不动。

他的披风有个兜帽，遮住了头。不过看那娇小的身形，并不像王初心说的胖男人。

李达有些纳闷，他见那人没照做，又大喝了一声：“快把刀放下，不然我开枪了！”

正常人听到这句话，早就乖乖照办了，但那人依然充耳不闻，像被施了定身法似的站在那里，一点反应也没有。

李达觉得更诧异了，他试探性地缓缓靠近，但仍旧保持着极高的警惕性。当走到对方面前的时候，他一把打掉了对方手里的刀，并将其放倒。

然而，当扯下对方的黑色披风后，他顿时惊呆了！

第三章

披风下的人竟然就是林美君，不，准确地说应该是王初心！

尽管李达先前已经有些猜到了，但看到是她之后还是大吃一惊，而躺在地上的王初心更显诡异，她表情僵硬，眼神空洞，像丢了魂似的。

“林女士，林女士……”李达收起手枪，蹲在地上，一边叫着她的名字，一边推着她的身子。

一连推了好几把后，林美君才像回魂似的有了意识。她见自己躺在地上，李达却在面前，连忙爬了起来，一脸茫然地问：“李警官，怎么回事，你怎么会在这里？”

“我还想问你怎么回事呢！”李达将她搀扶起来坐好，便将之前发生的事情跟她说了一遍。

“我不知道，我真的不知道啊，李警官，你说我打电话给你，又说我拿着刀像木雕一样站在这里，关于这些我根本毫无印象啊。”林美君困惑地摇摇头，“我就记得刚刚我有些困，就小睡了一会儿，醒来后就……”

林美君正这么说着，突然尖叫了一声，跑到沙发旁，跪在地上，哭了起来：“泰迪，泰迪，你怎么了？是谁这么狠心杀了你啊？”

其实，李达先前上来夺林美君手上之刀的时候，就已经看到了她养着的那条萨摩耶犬，浑身是血地躺在沙发旁。

林美君突然抬起头，擦了一把眼泪，对着李达恨恨地说：“李警官，肯定是那个爱出汗的胖男人杀了我的泰迪，一定要将他找出来啊……”

李达没说话，只是静静地看着她。

她继续哭诉着：“我可怜的泰迪，跟了我三年了，它就像我的孩子一样……想不到死得这么惨……”

她抬眼道：“李警官，你一定要将凶手找出来啊！”

李达思忖片刻，回道：“林女士，据我的推测，我觉得你的狗狗很可能是你自己杀的……”

他的话还没说完，林美君直接打断道：“你说什么，我杀了狗狗？这绝对不可能，我怎么可能杀害泰迪呢！我说了，它就像我的孩子一样，我绝对不可能杀害它！”

“可是我刚刚亲眼看到你拿着刀站在你的狗狗面前……”李达指了指林美君的衣服，“而且你看你这一身的打扮，不觉得很怪异吗？”

“这个……”林美君低头看了看身上的黑披风，一时语塞。

不过，她很快找到了台词：“我知道了，这一定是那个爱出汗的胖男人干的，他趁我睡熟之际，悄悄潜入我的房间，杀害了我的泰迪，然后将我装扮成这个鬼样子！是的，一定是这样！”

李达不以为然地说：“林女士，可是你不觉得这样有些说不通吗？或者说根本就不合理，那个男人是怎么潜入房间的呢？就算他偷偷潜入，只是为了杀掉一条狗？退一万步说，真的是他杀的狗，为什么还要将你打扮成这样呢？”

“这……”面对李达的连续发问，林美君有些招架不住，“他……他估计是求爱不成，怀恨在心。”

“求爱？”李达反问道。

“没错，你也看到他写的那三封信了，很明显他是喜欢我的，是爱我的，但是他不敢向我表达，由爱生恨，因此就想到了这种办法，慢慢折磨我，但不想那么快要我死，他想要制造那种恐怖的气氛，因此他先杀了我的泰迪，让我伤心欲绝，然后再杀我。”林美君解释道。

不过这在李达听来却毫无逻辑。

“李警官，我知道我这么说，好像逻辑上说不通，但事实上许多变态杀人狂就是这样的，他们的所作所为往往超出常理。”林美君连珠炮似的说着，“我曾经深入了解过他们，等你找到他你就知道了。”

李达不想再和她纠缠下去，毕竟她的话也不是全无道理，确实有些变态杀人狂不能以常理来判定。

他想了想说：“那这样吧，既然此事疑点重重，且事态严重，你就先随我去我们所里做一下笔录，有些事还需要向你详细问清楚。”

林美君指着房间说：“那这里怎么办？”

李达回道：“这里我会请同事过来彻底勘查一番，看看有什么发现。如果真是那个爱出汗的胖男人干的话，不管现场处理得多干净，也一定会留下蛛丝马迹的。但也要请你做好配合。”

听到这里，林美君松了一口气，连连说好："没问题，我一定全力配合。"

李达提醒道："你先将你身上的披风脱下来，换好衣服，简单整理一下，我这就给所里的同事打电话。"

李达随即给同事打了电话，他们已经快到社区了。他在电话里说明了情况，他们赶到之后，李达简单交代了两人一下，就带着林美君回去了。

在派出所里，李达核对了林美君，不，准确地说是王初心的身份和个人信息，提取了她的相关指纹，并将她的"骚扰案"从头到尾再次梳理了一遍。

王初心，笔名林美君。

她今年二十七岁，辽宁沈阳人，从小就爱好文学，擅长悬疑推理题材，大学时期便已经有小说出版，毕业后供职于沈阳一家出版社做编辑，其间依然坚持写作，不断有新作品面世。两年前辞职来到北京专职写作，半年前搬入了高桥大街附近的单身公寓。

半个月前，有一个一直不断擦汗的胖男子多次出现，疑似骚扰她。随后，王初心报警，警方介入调查。

一周之后，王初心接到疑似那个胖男人发出的三封奇怪信件，上面疑似有要杀她的意思，随后她再次报警。

警方正在调查时，突然接到王初心的电话，电话里只有凄厉的狗叫声，并无人声。警方赶到后，发现她住处有一穿黑披风、手里持刀的人，警方将其制服后，发现这人就是王初心。另外她养的那条名为“泰迪”的萨摩耶犬被杀。

李达梳理完毕基本案情之后，王初心住处的现场勘查报告也已经出来了。

他看完报告后，眉头都快皱成个“川”字了。

他轻咳一声，严肃地跟王初心说：“王女士，你确定不是在跟我们警方开玩笑吧？”

王初心冷哼道：“李警官，你什么意思？我哪有心思和你们开玩笑！”

李达继续说：“你知道报假警严重者可是要承担刑事责任的。”

王初心一脸茫然地问：“报假警？李警官，你这是什么意思？”

李达指着那份勘查报告说：“这是我那两名同事前往你住处调查的结果报告。报告显示，你的住处并无外人入侵的痕迹，也没有在你的披风里找到任何可疑痕迹。”

“什么？”王初心一惊，“怎么可能没人入侵？”

“杀死你家狗狗的刀具，经检验上面只有你的指纹。”李达严肃地说，“你能告诉我这是为什么吗？”

“李警官，你的意思是说我杀了我的泰迪，然后还报了假警？”王初心情绪激动起来。

“按照我们目前掌握的证据来分析，就是这么一个情况。”李达面色凝重地说。

“这怎么可能啊，我怎么会杀了我的泰迪！”王初心极力解释着，“我这样做图什么呢？对我有任何好处吗？我浪费了时间和精力，最后还被人这么质疑！”

“现在是眼球经济时代，听说你们文学圈现在也像演艺圈一样，作家明星化包装，没事也爱抛出一些夺人眼球的话题炒作。”李达继续说，“如果你是因为这个，也不是不可能。”

“好吧，我承认我们文学圈现在也不像以往那么纯粹了，有些人为了博出位，不惜豁出脸皮丧失尊严。”王初心调整了情绪，解释道，“本人虽然不才，但做人的基本底线还是有的，泰迪与我相依为命三年了，不是亲人胜亲人，我怎么可能杀了它呢？”

“再说了，你说在现场没有找到外人入侵的痕迹，那只能说入侵者是个反侦查很厉害的人，他将所有痕迹都处理了！”王初心逐一解释了李达提出的疑点。

“到达你住处的时候，我可是亲眼看到你拿着刀站在你的狗狗面前。”李达也很坚持，“我没必要撒谎吧。”

“我相信你肯定没说谎，当时的情形应该就是你说的这样，但是前面你自己也说了，发现我时，我像丢了魂似的，你不觉得很奇怪吗？”王初心冷静地说，“正常人怎么可能会这样呢？”

李达没有继续回应，而是听王初心继续说：“听你这么说的时候，我也觉得很奇怪，但是现在我有些想通了。”

李达反问道：“想通什么了？”

王初心叹了口气，回忆道："今天午睡之前，我曾经泡了一杯牛奶，然后就去了一趟洗手间，回来将牛奶喝完之后，我就入睡了。这前后是十分钟吧，我想入侵者肯定是在我上洗手间的时候潜进来的，并在牛奶里下了什么药物。"

李达耐心听着，她继续说："入侵者趁我睡着之际，正想行不轨，结果被我的泰迪看到了，它跑过来阻止他，却被他甩开了。我的泰迪自然不会就此善罢甘休，再次扑上来。入侵者与泰迪纠缠时，不小心碰到了我的手机拨打出了你的电话，但入侵者当时并不知情，这也就是为什么你接到的那通电话，只有狗叫没有人声。"

听到王初心的解释，李达有些无奈，但出于礼貌，他还是选择继续听下去："你回话后，入侵者这才发现，他赶紧挂断了电话，他怕马上会来人，立刻萌生了撤走的念头，但又恨我的泰迪坏了他的好事，因此杀了泰迪，然后嫁祸于我，并精心处理了现场，所以才有了现在这种离奇的局面。"

王初心不愧是玩文字的人，这一席话听得李达都有些惊呆了。

他苦笑了一下："王女士，如果是写小说的话，只是为了圆之前的包袱，照你的逻辑来说是解释得通，但是现实不是小说。在身体上与一桩犯罪有关的任何人，无论他怎样清理犯罪现场，都会在现场留下自己的微量迹证，而且还常常从现场带走微量迹证——这就是犯罪学上的'接触原则'。"

李达再次拿起现场勘验报告："可是在你的住处，我们没有找到任何有外人入侵的痕迹，因此你说的入侵者是不成立的。另外，不仅仅是今天发生的事让我们生疑，你还记得上次那三封奇怪的信件吗？我的鉴定科室的同事已经鉴定过了，上面除了你的指纹也没发现其他人的指纹。”

“那三封信我都拿过，上面有我的指纹一点也不奇怪。”王初心仍旧反驳着，“而且从寄信人利用剪下来的报纸上的字拼凑成信来看，明显他早已处心积虑，自然会想尽一切办法消灭有可能留下的线索。”

“好吧，算你有理，可是你三番五次自称有一个爱出汗的胖男人骚扰你，但为什么我从大门的监控器里没有找到他的踪迹？附近的人我也问了，都说没见过。”李达转换了话题，继续追问，“出现次数那么多，而目击者却只有你一个人，这未免有些太奇怪了吧？”

“这也没什么奇怪的啊，首先我回答你监控里为什么没有那个人的踪影。”王初心一一解释道，“我想你应该已经知道我们公寓只有一个出口，并且只有那里有监控，但我估计你肯定不知道，我们公寓西北角墙上栅栏有一处断了两截，破了一个大洞。因为那里紧挨着外面的公交车站，所以不少人图方便，经常从那个破洞里进出公寓，我想那个跟踪者估计就是从那里混进来的。”

李达点点头。

王初心继续道：“其次，你说附近的人都没见过那个人，这其实也不难理解，这里进进出出那么多人，人流量非常大，谁会关心一个陌生人呢？若不是他三番五次骚扰我，我想我也不会记住他的。”

李达被她的“反驳”弄得有点哑口无言。他公事公办地说：“我承认你很会辩解，但我们警方办事讲求的是证据。你多次报警，我们也多次出警，但皆查无实证。事情到了这个地步，我需要给你一个交代，你也要给我们警方一个说法吧。”

“你什么意思？”

“这样吧，我们给你做个测谎。如果你通过了，你即刻就可以回去，我们必定会将此事彻查到底；如果没通过，我将结果报给领导，看看领导怎么处理。你觉得怎么样？”

王初心长叹了一声：“李警官，我真不知道该怎么说你好。或许我从一开始报警就是个错误，算了，你也不容易，我没意见，反正我身正不怕影子斜，你看着办吧。”

李达也懒得跟她计较，他见王初心同意测谎，于是赶紧打了个电话给张哥，要他帮忙测一下。

第四章

张哥接到李达电话的时候，正和我在家吃晚饭。

那天晚上，我刚刚将做好的剁椒鱼头从厨房里端出来，就听到张哥对着电话回应：“马上到。”

我将鱼头放到桌上，他却起身要走。

我连忙问道："干什么去？马上吃饭了。"

张哥解释道："刚刚老李打电话过来说，他们所里有个人三番五次报警，结果都查无实证，他怀疑对方报假警，要我帮忙过去测测谎。"

"测谎？"

"没错。"张哥招呼道，"你也别吃了，先跟我一起过去看看吧！"

"报假警直接拘留不就好了嘛，你去看能起什么作用？"我心里有些不爽，刚刚做好饭菜还没来得及吃，就要饿着肚子去工作。

张哥拍了一下我的头，骂道："老李只是怀疑对方报假警而已，这种事当然得再三确认了，万一人家是真报警，没有及时处理，出了问题，你担责吗？"

我继续嘟囔着。

"你个小没良心的，老李平常待咱们不薄，找他帮忙向来有求必应，现在人家有事找咱们，咱们不去说得过去吗？"说话间，张哥穿好了衣服，准备出门。

"我也没说不去啊，我就是想说，能不能先吃完饭再去。"我摸了摸头，指着那盘剁椒鱼头说，"这道菜是我专门为你做的，可费了我不少功夫呢，凉了就不好吃了。"

张哥有些犹豫。

"饭不吃也可以，鱼不可以不尝啊，张哥，你尝一口吧，看看好吃不好吃！"我笑眯眯地说。

“好了，知道你辛苦，我吃一口好了吧。”张哥拿起筷子，夹了一块鱼肉吃了一口，“蒸的时间有点长了，鱼肉老了。好了，走了！”

他放下筷子，转身走了。

“不是吧，我好像就蒸了十来分钟，按理说鱼肉不会老呀。”我一脸茫然地问，“张哥，你不是骗我的吧！”

“我骗你做什么，你肯定是大火蒸了十分钟吧，这菜应该是中火。别在那儿磨蹭了，快走！”走到门口的张哥，催促道。

我本想自己尝一口的，但见张哥催得紧，只好作罢，取下了围裙，快步跟上了张哥，出了门。

很快我们就赶到了李达所在的派出所。李达对于我们的到来深表感谢，客套了几句后，他就将王初心的“骚扰案”从头到尾跟我们说了一遍。

听完之后，我的第一个感觉是王初心需要的不是测谎，而是精神检查。

当我这么跟李达说的时候，他无奈地说道：“一开始我也是这么认为的，如果不是炒作的话，这事只剩下一个可能，那就是她精神出现了问题，这一切都出自她的臆想和她发病时无意识做的，但看她思路如此清晰，嘴巴那么能说会道，我不由得打消了怀疑她精神有问题的念头，所以我想先给她做个测谎。”

我和张哥对视了一眼，也同意李达的提议。

在会议室见到王初心的时候，我终于知道李达此言不假。

王初心是那种典型的柔中带刚的女子，看上去一副弱不禁风的样子，但浑身上下透着一股干练劲。见我们来了，她还抱怨李达：办案不利就算了，居然拿她当替罪羊，受害者变成了行凶者。

说话时，王初心的眼睛都红了。她一边抹眼泪，一边为泰迪难过，说那只狗陪了她好多年了，现在就这么不明不白地死了。

张哥见状，安抚她说："你先别难过，做这个测试之前，你最好平复一下自己的情绪，你也想证明自己没说谎，不是吗？"

这句话说到了王初心的心里，她点头连连称是："既然这样，我们赶紧开始吧，我可不想背上这种莫须有的罪名。"

我快速将李达早就准备好的测谎仪打开，然后将导线连接上王初心的手指、手腕、腹部等部位。

现代测谎仪比较标准的叫法是"多功能生理扫描记录仪"，主要是将生物电子学和心理学相结合，借助计算机手段完成对人物心理的分析过程。主要测定人体生理变化的四个方面：血压、心律、呼吸和皮肤电阻。

心理测试人员按事先制定的一系列问题提问，被测试者回答"是"或"不是"，也允许受测人以沉默作为回答。

测试设备在一问一答的过程中，会自动记录反映被测试者呼吸、脉搏和皮肤等方面的扫描图。

很多影视剧中，有人明明撒了谎，却能瞒过测谎师。实际上心理上的波动，是会真实地反映在仪器上的，即使你是谎言大师，心理却骗不过生理。

当然，我要指明一点，测谎的启动是不能强迫的，必须是被测谎人积极配合才能保证结果的客观与真实。

测谎包括背景了解、测前谈话、激励测试、正式测试和测后谈话五个环节，结果要依据多组数据来进行判断，并非像影视剧那种，看一下屏幕中显示的心率或者脑电波就能得出结果的。

整个测谎过程非常顺利，王初心也很配合。

很快，王初心的测谎结果出来了：她说的话都是真话，至少从测试得出的数据来分析，她是没有说谎的。

王初心见结果显示她并未说谎，不由得又揶揄了李达几句："李警官，我之前说什么来着，我说的都是事实，你还不信。我的时间也是很宝贵的，没必要浪费时间精力报假案，引起什么关注，现在你终于知道了吧？"

她转头对周围几个民警说："我觉得你们现在进入了误区，不要只盯着我家里的那点线索，你们应该扩大范围去寻找，最关键的是找到那个爱出汗的男人。"

我和张哥对视了一眼，心想着：这女人真是牙尖嘴利。

"我上次不是已经将他的特征告诉你了吗？你找个人将他画出来，然后输入大数据库里去配对，我想肯定会有效果的。"王初心越说越起劲，有种得理不饶人的姿态，"再不然可以拿着画像去我住的附近问问，一个大活人，不可能没人见过他吧！"

李达苦笑了一下，连连点头说："好的，你的这事我们警方会好好深入调查的，会给你一个满意的答复的。"

如果换作以前，我肯定会为李达抱打不平，回怼她几句，但经过这一两年的锻炼，我的心性早已跟刚入行时大不一样了。

此刻，我想的是如何说服王初心答应我们做个精神检查。

我相信李达他们是不会弄错情况的，王初心的"骚扰案"有太多可疑之处，虽然她看上去一切正常，然而精神异常的人在病未发作的时候也是跟普通人没什么两样的。

不过，就这么直白地跟她说，要她配合我们做个精神检查肯定不妥，她也不会同意的。

我正想着，王初心站起来，看了一下手表，说："时候也不早了，如果没什么事，李警官，那我就先走了。案子如果有什么进展，你记得及时通知我啊！"

"那是自然的。今天辛苦了，你慢走。"李达看了看我和张哥，见我们没有表示，站起来送她出去。

眼看她走到门口了，我有些急，但又还没想到借口。

我推了推张哥，对着他使了个眼色，张哥这才慢吞吞地站起来，清了清嗓子说："王女士，你等一下。"

王初心转过身子："你还有事吗？"

张哥继续道："我刚才一直在想你的案子，现在你要走了，我有几句话，不知道当讲不当讲。"

王初心看了看李达，又看了看我，说：“你有什么话请直说。”

张哥笑笑道：“既然这样，那我就不客气了，如有冒犯还请多多包涵。我们刚来的时候，你的案子李警官就跟我们说了，当时听完之后，我的这个同事就说……”

这时候，张哥指着我，说：“他说你需要的不是测谎，而是精神检查。”

王初心的脸倏地垮了下来：“你说什么，精神检查？”

张哥不急不缓地解释道：“你别误会，其实换作任何人一听你这样的事情，都会忍不住这么想，因为你的事情实在是有些玄乎。如果不是见你精神状态如此好，逻辑思维又是如此清晰，我想李警官应该会拉着你去做精神检查的。”

因为有了前面的铺垫，王初心听了并未太过生气，只是一脸狐疑地看着我们问：“我的事情真有那么奇怪吗？”

“其他的抛开不说，单说今天你的狗狗被杀一事，听完李警官的讲述后，我的感觉就是这很像精神分裂的症状。”

“精神……”王初心一惊，“精神分裂？”

“其实在做测谎实验的时候，我曾将测试精神分裂症的问题也植入了进去，以便观察你的反应。不过，你的回答很完美，没有任何异常。”张哥耐心解释道，“按理说，我这个时候应该抛弃你疑似精分的念头，但由于你的事情过于难以自圆其说，所以我个人建议，你在家里安装一个摄像监控器，将自己的日常生活记录下来，尤其是睡觉前一定记得打开，如此坚持一周，倘若并无异样，关闭即可，如果有哪里不对劲，随时欢迎你来我们中心咨询。”

“你们两个并不是派出所里的人？”王初心反问道。

“不是，我们是××心理咨询中心的心理师，也是李警官的好朋友，平常他挺照顾我们的，这次过来纯属帮他的忙。”张哥如实解释道。

“既然连你们这种外人都觉得我的事有些奇怪，那我就不得不重新审视我的状况了。”王初心想了想，“好吧，回去之后我就装一个摄像监控器试几天看看吧，如果有情况，我会第一时间联系你们的。”

张哥见她同意了，忙将名片递了过去。王初心接过名片后就走了，李达送她下了楼。

我走到张哥身后，拍了拍他的肩膀，佩服地说：“厉害了我的张哥，虽然知道你本事大，但没想到这么两句话就搞定了。看来以后跟你学的东西还多着呢！”

“那是当然。”张哥斜视了我一眼，反问道，“那我跟你姨妈说，将你重新调到我手下当助理如何？”

“我谢谢你了，还是免了吧。要是再回你那儿，说明你带徒弟不成。哪有出师的徒弟又回炉的道理，我可不想让你成为罪人。”我开始有点后悔说夸他的话了。

“为了你，我愿意被人称为废材师傅。”张哥挑了挑眉头，做着鬼脸。

我忙做拜托状："张哥你知不知道，咱们中心那帮女人老传咱们有一腿，很大一半就是因为你老逗我，口不择言说些莫名其妙的话，让她们误会。"

张哥却毫不在意："有吗？"

我继续说："我求你啦，你成熟一点好不好，天天逗我那么有意思吗，不觉得无聊吗？"

张哥奸笑着说："不无聊啊，我觉得很有意思，哥就喜欢看你一脸委屈的样，哈哈哈，真是太可爱了……"

"谁可爱啊？"这时李达正好送王初心回来，听了张哥的话，好奇地问道。

闻言，张哥捧腹大笑，我无语以对，尴尬地站在一旁。

李达见状，摇着头说："小张，你又欺负子瑜啊，子瑜跟着你真算是倒八辈子霉了。"

见李达为我仗义执言，我忙向他求救道："是啊，老李，你得帮着我点啊，张哥老是欺负我，搞得我很郁闷啊！"

"呵呵，子瑜啊，别怪老哥不帮你啊，像他这种滑头，我也没招啊。"李达无奈地耸耸肩，"正所谓水清无鱼，人贱无敌，摊上这样的主，只有自求多福，别无他法，习惯了就好，习惯了就好啊。"

李达怕我继续纠缠这个问题，随后话题一转："好了好了，咱们说正经的，王初心这事，你们哥俩到底是怎么看的？"

我侧眼看了看张哥，说："我还是之前的看法，她应该是患有类似精神分裂之类的疾病，只是暂时不知道到底是何种病症，还需要进一步的确认。"

张哥颔首赞成地说："我同意子瑜的看法。我原本打算给她做完测谎之后，就进一步给她做精神检查，但给她做测谎的时候，我发现她这个人比较倔强，自我为中心严重，比较难接受别人的劝告，所以只好暂时放弃。"

我补充道："没错，精神检查也跟测谎一样，需被检查者配合的，尤其是像她这种隐形病症，病不发作时，跟常人无异，很难检查出问题。希望她最终听进了我们的建议，自己在家安装个家庭摄像监控器。"

万幸的是王初心听从了张哥的建议，回去之后第二天就买了个家用摄像监控器装在房间里。几天之后，她果然在监控视频里发现了异常，及时找到我们。

第五章

那天上午，我没有来访者，闲在办公室里看了一会儿书，觉得有些无聊，想着去找安翠芳聊聊天。

人刚走到门口，就看到王初心正在前台跟负责接待的阿怡说话。

看到她找上门了，那肯定说明出了什么事，我忙走过去跟她打招呼。

王初心见了我，像见了救星一样说："欧阳心理师，真被你们说中了，我好像真的精神出现问题了。"

我一愣。

她继续说："这位美女说张心理师正在忙，我得预约。我正想去找你呢，你现在有空吧，能帮我看看吗？"

"有空有空，没问题，请随我来吧。"我跟阿怡说了一声，如果张哥忙完后，要他去我办公室找我，然后带着王初心回了我自己的办公室。

我请王初心坐下，又给她倒了一杯热茶："发生什么事了吗？"

王初心激动地说："我杀死那只猫了，我杀死那只猫了……看来我的泰迪也是我杀的！"

我不解地问道："杀死什么猫了？"

王初心继续说着："我不知道自己是梦游还是精神分裂了，这太恐怖了，我怎么会变得那样凶残啊！简直不敢想象，要不是有视频为证，打死我也不相信啊，天哪！怎么会这样，怎么会这样啊！"

王初心语无伦次地说着，先前的镇定自若和缜密逻辑早已不见踪影，取而代之的是一副惊慌失措的表情。

我安抚地说："王女士，你别急，慢慢讲。"

王初心喝了一口热茶，情绪稍稍平复了下来。

我问道："你刚才提到杀了猫，是什么猫，你还养了一只猫吗？"

王初心深吸一口气，继续说道："不好意思，我刚才有些心急，说得有些不大清楚。事情是这样子的，上次在派出所里，你们都说我这事有些过于奇怪，回去之后，我也反复地想了想，觉得你们说得很有道理，所以第二天我就买了一套家用摄像监控器装在家里。"

我暗暗惊喜：王初心一定是发现了什么了。

王初心继续说："最开始的几天里，一切都挺正常的，我还笑你们自己无能，还硬将我定义成精神病。结果昨天晚上发生的事情让我现在想来都后怕……"

结合她刚才说的猫，我已经猜出了接下来的情节。

王初心仍旧惊魂未定："幸亏只是一只猫，要是一个人，那岂不是我杀人了……"

她回忆说，前一天她灵感迸发，早上起床后就开始创作，这一写就写到了中午。她觉得有点累，还有点饿，于是决定先弄点吃的再说。她站起来，伸了一个懒腰，打开了阳台门，想给屋里通个风，结果阳台门一开，就看到露台上不知道何时跑进了一只瘦骨伶仃、浑身脏兮兮的流浪猫。那猫见到王初心后，也不走，只是趴在那儿可怜兮兮地看着她。

王初心本就喜欢小动物，见到猫狗都有怜悯之心。

见它这般模样，她不由得想到了自己惨死的宠物狗泰迪，心中爱心顿生。她跑过去将白色流浪猫抱了进来，先给它喂了一些食物，又给它洗了个澡。

如此一番折腾，流浪猫秒变富贵猫。它的毛又白又长，像一团棉花似的，样子也非常乖巧，一直不断地围在王初心腿下转圈蹭腿。看它如此惹人喜爱，她决定将它留下。

因为有白色流浪猫的陪伴，这一天王初心都过得很快乐。晚上她早早吃了饭，喂好了猫，对着电脑又写了好一大会儿小说，到了夜里一点多钟才决定上床睡觉。

当时她睡前，还特意去了沙发旁看了看，那只流浪猫被她安排在了那里，她还为它搭建了一个简易的小窝。

第二天醒来后，她爬起来在床上回了一下神，无意中看到沙发处有很多红色的东西。

她有些奇怪，然后下床去看了看，才发现那是血。

她吓了一大跳，立刻跑过去看了看，先是尖叫了一声，然后不由得别过了头，眼泪"哗"的一下流了出来。

原来她收留的那只白色流浪猫被人残忍地杀害并肢解了。

头和身子被分成了好几块，肠子都被拉了出来，血肉模糊成了一团，而原先它那对又大又圆的猫眼扁平平地黏在地上，明显有被人踩爆的痕迹。

王初心心里愤怒又恐惧，她猜想一定又是那个爱出汗的胖男人干的好事。

这时候，她抬眼看了看墙壁上正对着自己的摄像头，心想着这次终于有证据了，于是赶紧从床头拿过手机，连忙点开监控视频。

这一看不要紧，倒放的视频内容差点将她吓得魂飞魄散——

监控视频清晰记录下前一天晚上杀死并肢解那只白色流浪猫的全过程，凶手不是那个爱出汗的胖男人，而是她自己！

说到这里，王初心将手机里的监控视频打开递给了我，她则泪眼婆娑地撇开头，似乎不忍心再看到，也不敢再看到。

我接过来看了起来。监控视频显示夜里一点多钟的时候，王初心就上床睡觉了。

不过，她在床上翻来覆去很久都未入睡，先是听歌，后来又看视频，玩游戏，反反复复折腾着，而她的那只白色流浪猫老早就盘在沙发上睡着了。那时候的它一定不会想到，自己的生命将在几小时之后终结，而且是以一种极为残忍的方式。

我快进了视频，然后时间到了凌晨三点的时候，王初心终于睡着了，并打起了轻鼾。视频再次快进，时间到了凌晨四点钟的时候，王初心突然醒来了，她忽然坐了起来，眼神痴然，动作僵硬，四下打量着，然后突然下了床，走到沙发前，将睡在上面的白色流浪猫一把抓了起来，白色流浪猫顿时被惊醒了，“喵喵喵”地在她手中挣扎着。

看到这里，我的呼吸陡然急促起来，虽然我知道了结局，但当我看到这一幕的时候，我的视觉还是受到了巨大的冲击。

王初心似乎听着很生气。她单手扼住了白色流浪猫的脖颈，猫挣扎着，发出了惨烈尖厉的叫声。从猫的状态来看，我推测王初心在逐渐用力。

就在白色流浪猫逐渐失去知觉的时候，只听“啪”的一声，她将它狠狠摔在了地上。白色流浪猫被她这一摔，受伤不轻，但尚能动弹，挣扎着站了起来，然后踉跄着走了两步。

它似乎还在犹豫着，想要重新靠近王初心。没想到她一个箭步冲过去，又一把将白色流浪猫抓起来，重复了刚才的动作，扼住了猫的脖颈，挤压着它的呼吸，最后“啪”的一声再次将它摔在地上。这次白色流浪猫比上次受伤更重了，躺在地上一动不动。

王初心见状，咧嘴笑了。那笑容在红外线下显得异常诡异，这个画面也透出一种伪恐怖纪录片的阴森。

随后她不急不缓地走进了厨房，从刀架上拿了一把刀回来。

她蹲在白色流浪猫身边，对它笑了笑。白色流浪猫似乎发出了低沉的哀嚎，但她完全不在意，将它提了起来，直接将刀子扎进了它的腹腔。

血顺着刀刃缓缓流出，她微笑着将刀子抽了出来，又将刀子插了回去……

就这样，她将白色流浪猫杀死了。

不过，血腥残忍的画面没有就此结束。王初心将猫杀死之后，将刀子分别插入猫的脖颈及四肢关节处，耐心而细致地将它的尸体肢解了。

肢解完毕之后，她似乎还不解气，将白色流浪猫的眼珠子抠了出来，狠狠地踩在脚底下。

就像是一幅杰作，此时此刻，终于完毕。

这时候，王初心起身将刀放回厨房，洗了一把手，然后像没事一样回到了床上躺下，很快就睡着了。

之后，她再也没有任何动静，直到第二天早上八点多钟醒来。

整个杀猫场面真是又暴力又血腥，更可怕的是全程王初心一直都在诡异地笑，看得我都有些毛骨悚然起来。

若不是有视频为证，真是任谁也不会相信，眼前这个楚楚可怜的人就是里面那个虐杀白色流浪猫的变态狂。

王初心见我看完视频了，尚未等我开口说话，她已经迫不及待地问："欧阳心理师，你说我是不是梦游或者得了什么精神分裂症啊？不然的话，我怎么会突然像变了一个人似的呢？那根本就不是我啊！"

我将手机还给了王初心，看着她一脸急切和无奈，严肃地问道："是梦游还是精神分裂症，暂时还不好确定，不过我得先弄清一些事情。"

王初心连连点头："你说吧，我一定知无不言。"

我拿出记录本："首先，你能听取张哥的建议，通过安装监控发现自己这些诡异恐怖的行为，这是非常好的。幸好死的只是一只猫，如果是人的话，我想不管是你，还是对方，都可能会受到伤害，也会引起很严重的后果。"

“谁说不是呢，现在想想我都后怕。”王初心心有余悸地说。

“那好，你对昨晚发生的事情可还有记忆？”我问道。

“没有，我对昨晚的所作所为一点印象也没有。”王初心摇摇头说。

“你昨晚是否做过什么奇怪的梦呢？”我又问，“比如说杀猫的场景或者与之有关的内容？”

“也没有。”王初心继续摇头，“一夜无梦，感觉自己是一觉睡到天亮的。”

“我刚刚看视频好像看到你睡觉前曾经吃过什么药片，那是什么药呀？”我一边做笔记，一边问。

“那是‘脑乐静胶囊’。”王初心解释道，“我最近老是失眠，并且还会头疼，前些天去药店买了一些药回来吃。”

“效果怎么样呢？”

“不过效果好像不是太好。”王初心摆摆手。

“为什么失眠和头疼呢？”我继续问道，“是不是你最近压力很大？”

“压力倒是有一些。”王初心思忖片刻，“其实，我新写的小说已经卡壳好一阵子了，正处于创作瓶颈期，天天满脑子都在想如何继续写下去。有时候还是蛮焦虑的，焦虑得睡不着觉，好不容易睡着了，也是在梦中不停地想故事情节，有时候都会分不清现实和梦境。”

“那你有出现幻觉或者幻听吗？”我不放过每一种可能。

“没有。”王初心想了想，“应该没有吧。”

“嗯，除了失眠和头疼，你可还有其他身体不适之处？”我继续问道。

“没有了，我的体质一向挺好的。”王初心回答道。

“哦，你头部以前可曾受过伤？”我问道，“或者是没有外伤的撞击。”

“没有。”王初心摇摇头。

“那你可有癫痫？”我想了想，“或者说与之相似的疾病？”

“也没有。”

…………

我陆续询问了一些与她相关的问题，王初心也非常配合，我基本上摸清了她的情况。

我停止做笔记，抬头跟她说：“根据你提供的监控视频，结合你的情况，现在我初步怀疑你是患了精神分裂症。”

王初心一惊：“我真的是得了精神分裂症？”

我安抚道：“不过，最后确诊还需要脑电图、心电图和精神测试等量表作为辅助。”

王初心一时慌了：“我怎么会得上精神分裂症呢？”

我继续道：“你现在不要紧张，就算患有精神分裂，也是可以通过医学手段进行治疗的。”

王初心连连追问道："那我该怎么办，你们这里能治疗，能够治好我的病吗？"

我解释道："如果真是精神分裂的话，你需要到专业的精神科接受治疗。我们中心主要是解决心理障碍，虽说精神分裂也是心理障碍之一，但是它比一般的心理障碍要复杂得多。"

王初心哀怨道："那我该怎么办？"

我继续说："这样吧，你去一趟通州 ×× 医院做一个深入的检查确诊一下。"

王初心抬眼问道："通州 ×× 医院？"

我点点头，说："我们中心跟他们医院有合作。你过去之后，直接找孙殿丽护士长，她会为你安排一切的。"

王初心这才放心地说："一切麻烦你了，欧阳心理师。"

说完后，我立马给孙殿丽打了一个电话，说明了情况，然后又将电话号码给了王初心。

王初心将号码存入手机后，感谢了我一番，然后立马前往通州 ×× 医院。

我对她说，放松心情，保持状态，配合医生的所有检查，一旦有了确切的检查结果，一定要第一时间联系我们。

王初心应声道："你放心吧。"

送走她之后，再返回办公室时，我正好看到张哥办公室大门开了，一个中年男人走了出来。我跟他点头打了个招呼，与他擦肩而过，进了张哥的办公室里。

张哥正在收拾材料，一见我进来了，咧嘴一笑说："臭小子，又出来瞎逛了。"

我干涩一笑："我找你有事。"

张哥不相信，继续打趣道："什么事，是不是感觉自己的工作量太少，工作太清闲啊，那我就得跟你姨妈说说，多给你安排点活儿啦。"

我呸了他一下，说："你少来了，我找你确实有很重要的事。王初心刚刚找我们来着，你正好有事，我接待的她。"

张哥淡然一笑，一副早就料到的样子，甚至都没有抬眼，问道："她是不是从监控视频里看到了一些不正常的画面？"

"是的。"我深吸一口气，"不过何止是不正常，简直是触目惊心啊！"

张哥将资料整理完毕，放进了档案柜，转头问道："说说看，有多么触目惊心？"

随后，我便将王初心的情况一五一十跟张哥说了一遍，也说了我关于精神分裂症的初步判断。

张哥听完后，摸着下巴像是在想事情，没有说话。

见他这样，我好奇问道："怎么了？难道我诊断得不对吗，她不是患有精神分裂症吗？"

张哥似乎有些犹豫，抬眼回道："我感觉，她的病症不是那么简单。”

我一惊：“为什么呀？”

张哥不答，反问我：“这样吧，你先说说为什么觉得她是精神分裂症？”

我回答道：“首先是王初心说有一个爱出汗的胖男人一直跟踪骚扰且写威胁信威胁她，然而据李达调查结果显示，压根就不存在那么一个人，这很可能是王初心的妄想，是她精神分裂的前兆。”

张哥点点头，示意我继续。

我接着说道：“其次是王初心的宠物狗被杀一事，据李达亲眼所见和调查结果显示，也基本可以确定是王初心自己做的。”

张哥仍旧点头。

他越是这样，我心里反倒没底了：“再次是她自己的监控视频直接将她精神分裂病发时的经过全程拍了下来。”

最后，我不忘补充道：“另外，她自己也说了，因创作的小说一直处于卡壳状态，最近压力非常大，并伴有失眠和头疼等症状，以上种种征兆很明显透露着她精神分裂。”

“是这样没错。”听完我的解释，张哥点点头，“但是你有没有注意到其中一点非常奇怪呢？”

“哪一点？”我有些急了，催促道，“张哥别卖关子了，你到底发现什么问题了？”

“她杀狗杀猫这个行为非常奇怪。”

“行为奇怪？”

“没错。”张哥解释道，“精神分裂症主要是幻觉、妄想、认知障碍等症状，用通俗的角度来说，就是对于现实与幻想失去了区分的能力，区分不了什么是现实什么是虚妄。那个跟踪者可以说是她幻想的产物，但是她杀狗和杀猫的举动说她是产生了幻觉从而痛下杀手就显得有些说不通了。”

我点点头。

张哥继续道：“因为不管是现实还是虚妄，精神病患者对发生过的事情是有记忆的，但是她对于这两段记忆可是一点也没有，从这一点分析，她的行为更像是梦游。”

听张哥这么一说，我也仔细想了想，好像就这么确诊王初心是精神分裂症是有些草率。万幸自己建议她去医院再深度检查一下，不然的话，可真是糗大了。

我虚心地问道：“张哥，如果王初心得的不是精神分裂症，那会是什么病症呢？”

张哥有片刻的犹豫。

我追问道：“不会真的只是梦游吧？”

张哥表情凝重地说：“我倒希望她是梦游，但是想到她杀狗杀猫手段如此血腥暴力，不由得让我想到了一个更可怕的病症。”

“可怕的病症？”我心里一沉。

“没错。”张哥点点头，“病理性半醒状态。”

“病理性半醒状态？这是什么病症啊，我怎么从来没听说过？”我一脸茫然地问道。

“这种病症世间罕见，你没听说过实属正常。”张哥进一步阐述这种病症说，“病理性半醒状态就是一种睡眠和觉醒之间的移行状态。由睡眠向觉醒过渡时，有时会产生意识与运动能力恢复不同步的现象，若运动已恢复，意识还是模糊不清，在这种状态下，可发生自动症性行为，并给周围人带来严重伤害。”

“听起来确实挺危险的。”

“这种病症多发生于凌晨一点到四点之间，入睡前常有过度疲劳或精神应激因素，深睡后受到干扰而觉醒不完全，病发时意识不清、片段错觉、攻击性极强，一般数十分钟至数小时后自行恢复常态，醒后对病中的经历大多遗忘。”张哥耐心解释完毕。

“这倒跟王初心杀狗杀猫的两次行为很相似。”想到这些，我也不由得非常后怕，“看来幸亏跟她做伴的是狗狗和猫猫，如果是人的话，岂不是也会被她杀了，最起码会被伤害。”

“是的，这种病症在世界各地的医学文献中就记录了三十五例，其中致人死亡的有十五例，致人受伤的有二十例。”张哥继续科普道，“因患者发病时意识模糊，手脚不受操控，最终的司法鉴定属无刑事责任能力。”

听张哥这么说，我不由得想到王初心杀猫时的邪恶情形，头皮有些发麻起来，我忙问：“那这种病症可有什么治愈的办法？”

“这种病症发病机理尚未完全阐清，暂时还没有有效的治疗办法。”张哥无奈地耸耸肩，“不过话说回来，这一切也都是我根据她的症状所做的推测，也不知道王初心是不是真的患有这种病症。咱们也别在这里瞎想了，等医院那边的确切结果吧。”

虽然张哥嘴上是这么说，但是我知道她很可能真的是患了这个病理性半醒状态了，因为他向来不会说没有把握的话。

既然这么说了，自然是十之八九的事情了。

事实证明张哥是对的，当天下午医院就打来电话了。

医院对王初心进行深入全面的检查后，报告显示她并非精神分裂，也不是梦游，脑电图是正常的，神经系统检查也未获阳性体征。

医院对于这个结果有些不解，于是打电话过来询问，而张哥则通过这些资料最后确诊王初心就是患了病理性半醒状态。

虽说病理性半醒状态发病机理尚未明确，不过王初心的病因经过我们的减法排除，最后猜想她极可能是由于长期睡眠不足，过度疲劳造成的——

王初心是一个写悬疑小说的女作家，经常构思一些惊悚故事，精神状态容易处于兴奋却疲劳的状态，而且喜欢熬夜写作，休息颠三倒四，连她自己都不知道，自己写故事已经写到疯魔状态了。万幸的是，王初心是独居，如果与他人同住的话，后果真是不堪设想。

不过关于那个爱出汗的胖男人跟踪者，我和张哥都猜错了，我们原以为只是王初心的妄想，结果经李达深入调查后，发现确有其人，并将其很快抓捕归案。

他叫刘强，是物美超市的一个搬运工，半年前进入物美工作。不久前，他注意到了来这里买东西的王初心，跟踪之下知道了她就住在对面的社区。

见她长得不错，身材也挺好，他对她产生了好感。后来王初心在买东西的过程中，请他运送过两次东西，还表示了感谢，他更是感觉王初心喜欢上了自己。他想要引起王初心的注意，就开始跟踪她，观察她，最后还写明信片吓唬她。

他后来向警方供述道，他这么做，都是因为喜欢王初心。

只不过，他两次送货都是穿着工作服，且戴着帽子和口罩，王初心并没有看到他的相貌，因此在向李达提供线索的过程中，并未将此人列入嫌疑名单。

至于王初心，在我们和医院方面的精心治疗下，半年后，她的怪病终于治愈了，可惜她之后再也没有写出过一本书，事后转行做上班族了。

也许，艺术家都是疯子，这句话是没错的。

NO.05

专业运动员的黑暗秘密

案例编号：120686537			
姓名	郭莹莹	职业	射箭运动员
性别	女	婚姻	未婚
年龄	24	住址	北京朝阳区
症状情况	作为一个专业的运动员，她竟然靠自残来保持正常水平的发挥		
治疗结果	成功		

第一章

很多传世瑰宝，除了精美及罕有，还有人云亦云带来的羊群效应，也就是所谓的从众心理。

当然了，能流传百世的奇珍异宝，也有其存在的道理。古人的超前思维是后人难以用常理去揣摩的，比如胜利女神妮姬雕塑，其实就暗藏了一个玄妙的心理学现象，而我正是因为它，解决了一桩说不上古怪但足够奇特的心理障碍案例。

那年夏天，我姨妈大病初愈，她打算去四川青城山修养几个月。

临走之前，姨妈将一个重要的来访者交到了我手上。这时候的我，虽然还比不上张哥和安翠芳厉害，但经过这些年的历练，姨妈对我的信任度已经有很大的改观。

为此，姨妈还送了我一尊胜利女神尼凯的雕塑。那是她一直放在自己办公室的吉祥物，是希腊神话中的胜利化身，奥运会金牌上都铭刻了这位女神的模样。

那天上午，姨妈将相关资料转给我后就匆匆赶往机场了。我拿着资料，刚要打开档案袋，就看到我的女神安翠芳站在门口探头问："子瑜，赵总走啦？"

我点点头，应道："是啊，刚刚走的，上午九点的飞机。"

安翠芳莞尔一笑。

"安安，你找姨妈有事吗？如果有的话，我给她打个电话，让她等等，她现在应该还在停车场找她的车。"说着我拿起手机，就要打电话。

"不用不用。"安翠芳将我拦下道，"我不是找她，我是来找你的。"

找我？

一听她是来找我的，我不由得心花怒放，跑过去将她迎了过来，开心地说："安安，不知道哪里能为你效劳？"

安翠芳白了我一眼，娇哼道："怎么，一来找你，你就觉得我有事要找你帮忙？我脸上有写需要帮忙的字眼吗？"

"不是帮忙啊？！"

"对啊，我就不能过来看看你吗？"

"看我这贱嘴，真是欠打。"我装模作样地轻轻打了自己嘴巴一下，赔笑说，"当然可以啦，你能过来看我，我真是十分开心，万分激动！"

这时候，安翠芳坐了下来，我给她倒了一杯橙汁，继续道："就得这样嘛，没事多串串门，你来来我这儿，我去去你哪儿，相互走动走动。感情不就是这样升温的嘛！"

"不过话说回来，我这次来的确是有事要请你帮忙的。"安翠芳继续笑着。她撩了一下长发，有一种白衣飘飘的高中生的味道，又有一种职业白领的干练和妩媚，那姿态看起来真是美极了。

如果换作别人我肯定要甩脸了，但面对自己心爱的女神，我只有尴尬又不失礼貌地微笑道："荣幸之至，安安，有什么事尽管说，上刀山下油锅，只要你发话，我绝不皱一下眉头！"

"不用那么危险，既不用上刀山，也不用下油锅。"安翠芳话锋一转，"听说，赵总的一个很重要的案子交给你啦？"

"对啊。"我连连点头，"怎么啦？"

"来访者是不是叫郭莹莹？"安翠芳眼睛一亮，追问道。

"我还不知道呢，姨妈交给我的资料我还没来得及看呢，我先看一眼啊。"我打开档案袋，拿出资料，快速翻看了一下，"没错，就是她。"

"太好了！"

"怎么，你认识她？"我好奇地问。

"我要是认识她就好了。"安翠芳一脸兴奋地说，"她是我的偶像呢！"

偶像？

她竟然是安翠芳的偶像?

“是吗?”听她这么一说，我不由得多打量了一眼照片上的这个女孩子。

她就是一个二十岁出头的小姑娘。穿着一身运动服，长相一般，除了那口洁白的牙齿在黝黑肌肤的衬托下越发显得耀眼，没其他特别的地方。

虽然我不是追星一族，但对于娱乐圈明星和新闻也略知一二，我怎么不记得有这么一号明星呢?

我抬眼问道:“恕我眼拙，她是歌星还是影星呢?我好像从来没有见过她。”

安翠芳摇摇头，说:“都不是。”

我继续问道:“或者是哪个网红?”

安翠芳笑笑道:“你不认识实属正常，因为她是射箭运动员。”

“射箭运动员?”

“射箭这项运动，在咱们国家并不普及，不像篮球、足球、跳水等运动那么热门，但却是我的最爱!”安翠芳解释道，“郭莹莹是北京 ×× 射箭队最年轻、最有潜力的队员，是个常胜将军，曾在世锦赛、锦标赛、世界杯等多次赛事摘得金牌，是下一届奥运会代表中国出战射箭项目运动的潜力人选。”

“哦，原来是这样。”我终于明白姨妈千叮咛万嘱咐的原因了，“难怪姨妈临走时再三嘱咐我一定要好好治疗她。”

安翠芳眼睛直发光地看着我，问道："子瑜，那么郭莹莹是来治疗哪方面问题的啊？你可以告诉我吗？"

"这个……"我面露难色，"这个好像不是太方便吧。"

"怎么不方便了？"

"安安，你应该知道咱们中心的规矩，非经手人不能随意透露来访者的信息和病症。"我略有些为难地说。

安翠芳白了我一眼说："少来啦，你经手的案子哪个没给张哥看过，你们两人有时候吃饭的时候还在讨论，别以为我什么都不知道！"

我耸了耸肩，无奈地说："张哥是我的领导，我经手的每个案件按照中心流程都必须上报给他复核审定。再说了，我之所以有时候跟他讨论案子，是因为他是我师傅，我是他徒弟，有些冷门的案子我从未遇过，自然少不了向他讨教。"

"不说就不说，少找借口。"安翠芳仍旧不愿意放弃，语带强硬又似有撒娇，"你以前不是也不时给我讲一些奇特的心理障碍的案子吗？为什么那时候可以，现在不可以了？"

"以前我讲的那些案子，你都不认识对方，还有，我讲的时候已经将对方的个人信息都隐藏起来，你不会对号入座。"看到她撒娇的样子，我真有些忍不住想告诉她，但想到职业操守，我不得不强逼自己要狠下心来，坚守底线。

"好了好了，我不为难你了，就算你不说其实我也知道郭莹莹是来干吗的。”安翠芳得意地说，“刚才只不过是逗你玩而已，顺便测试一下你的职业操守，看来你经受住考验了。”

听她这么说，我就知道她是想以退为进，套我的话。这种小伎俩想骗我没那么容易。我淡然一笑，没有答话。

安翠芳冷笑了一声说：“你不信？以为我骗你吗？”

我仍旧不说话。

安翠芳急了：“郭莹莹是不是过来看性侵创伤综合征的？”

哈哈，被我猜中了，她果然是来诈我的！

这都什么跟什么啊！

我心中暗笑不止，依然没有吭声，只是微笑地看着她。

安翠芳深深看了我几眼，似乎要把我整个人都看穿了。她的焦急瞬间化作了淡然，莞尔一笑道：“看你稳如泰山的模样，我知道郭莹莹并非因性侵而来，这下我就放心啦！”

我追问道：“你什么意思？”

安翠芳自顾自说道：“其实，我早该猜到了，如果真的是性侵的话，这个案子应该是交给我才对，我才是这方面的行家，所以很明显，郭莹莹是因为其他而来。”

没想到她竟然用排除法做了分析。

说完，她长舒了一口气，像是身上卸了万斤重担，然后起身要走。

见状，我忙拦下她，说：“别走啊，再坐一会儿嘛。”

安翠芳瞟了我一眼说："怎么了，还有什么事吗？"

我笑笑道："看你的样子似乎知道不少关于郭莹莹的事情，那就给我说说呗。"

安翠芳冷哼道："说什么？"

我继续道："一会儿她就要过来了，既然她是你的偶像，你一定对她的信息了如指掌。我呢，正好趁现在多了解了解，等她来了之后，我心里就更有谱了，正所谓知己知彼，百战百胜。"

安翠芳反击道："我特意跑过来问你她到底是来干吗的，你死活不说，现在反倒问我她的情况，你这样真的好吗？"

我赔笑道："安安，一码归一码，你问我属于客户隐私，我问你属于正常交流。"

安翠芳仍旧不肯说："你啊，整天就知道耍嘴皮子，说什么喜欢我，爱我，关键时候就掉链子。你这么说，真的好意思吗？"

"我知道这样是有些说不过去，但咱们中心的规矩你也是知道的，再说刚才这么一来一回，你不也得到了你想知道的答案，也不算亏啊！"解释完之后，我忙表忠心道，"至于我对你的爱，你当真是冤枉我了。自从第一眼见到你之后，我就深深爱上你了，这几年来，你应该看得出我对你是认真的……"

我正说着呢，安翠芳打断道："好了好了，我知道了，你别继续肉麻下去了，我浑身都起鸡皮疙瘩了。"

我问道："你答应了？"

安翠芳瞥了我一眼："说吧，你想知道郭莹莹什么？"

我连忙追问："刚刚你说性侵是怎么一回事啊？"

安翠芳反问道："你不知道啊？资料上没写吗？"

我一脸茫然地说："不知道啊，上面没有提啊。"

安翠芳解释道："事情是这样的。前几天有网友在网上爆料说，郭莹莹的男队友在一次训练之后，趁无人之际，持刀威胁欲对郭莹莹行不轨，遭到了她百般抵抗，最后虽然男队友并未得逞，但是他持刀割破了郭莹莹的手臂。"

我一惊："之后呢？"

安翠芳继续说，郭莹莹被定为下一届奥运会代表中国出战射箭项目运动的人选后，原本只是射箭圈里有名的她，一下子成了体坛报纸的宠儿，每天都有不少记者围着她转，连她祖宗十八代都快扒出来了，正愁没料报呢，而这时爆出这种猛料，那帮狗仔队自然欣喜若狂，各种小道消息层出不穷。

有的说郭莹莹其实是被男队友强奸得逞了，碍于声誉，只好说险些被性侵；有的说那男队友是郭莹莹的男友，但是郭莹莹出轨爱上了别的男人，于是男队友因爱生恨想要报复她，性侵和伤害；有的则说郭莹莹是小三，那男队友跟她有私情，自己却已经有家有妻室，那天郭莹莹拿刀逼迫男队友离婚未果，因此她是自残威胁，却反诬对方性侵。

安翠芳叹了一声："本来像这种八卦新闻，越早站出来澄清越好，起码发一个声明，但奇怪的是，对于这些流言，郭莹莹一直没有站出来回应，甚至她所在的射箭队也绝口不提，不承认也不否认，这也就让谣言越传越广，事情也就越传越离谱了。”

“哦，原来如此。”听到这里，我明白为什么安翠芳会那么追问我了。

“不过你说资料上这茬连提都没提，显然事情并非外面传的那样。”安翠芳摸着下巴，陷入了沉思，“那真相到底是什么呢？”

见她这样，我担心她想不通，反过来又要逼我，急忙岔开话题说：“安安，最近郭莹莹可曾参加什么重要的比赛？”

听我这么问，安翠芳收回心神，回答道：“有啊，三个月前她参加了日本亚运会。”

“那成绩怎么样呢？”

“她获得了日本亚运会射箭比赛冠军，半年前她夺得了全国射箭锦标赛冠军。”安翠芳语带自豪地说，“这两次大赛让她一洗之前的耻辱！”

“之前的耻辱？怎么回事？”我反问道，“刚才你不是说她一向是常胜将军吗？”

“是的，郭莹莹自出道以来，不管是国内还是国外，不管是大赛还是小赛，她一直保持常胜将军的地位。”安翠芳耸耸肩，“然而去年在韩国举行的亚锦赛，不知道为什么她突然发挥失常，罕见地颗粒无收。”

我点点头。

“那次赛事之后，她就像变了一个人似的，不管什么赛事，哪怕是他们射箭队内部的交流赛，她都再也没有获得任何名次。”说到这里，安翠芳叹息道，“很多人都觉得她要完了，本来定为她代表中国出战下一届奥运会射箭项目运动好像也有了变化，传闻国家体育总局要将她替换下来。”

“后来呢？”

“如此沉寂了一年多，直到全国的射箭锦标赛和日本的亚运会，这才让她回到大家的视线里。”这时候，安翠芳看了看时间，忙说，“好了好了，我预约的咨客差不多要来了，我得先回去了。”

说到这里，安翠芳站起来，起身就要离开。她刚迈开脚步，似乎是想到了什么，有些犹豫，但还是转身走到了我面前，一把拉住我的手，看着我说：“子瑜，不管我偶像郭莹莹是来找你咨询什么，答应我，一定将她治愈好吗？”

她的手很柔软，摸着就像一块软玉一样，非常舒服。

这是她第一次如此主动过来拉我的手，虽然是为了别人，但我心里依然非常高兴，我重重点了点头说：“没问题，我一定会想尽一切办法将她治好！”

安翠芳走了后，我那颗悬着的心终于放松了，我生怕刚才挡不住她的“攻势”，不小心将郭莹莹前来咨询的目的给泄露了。

她猜得一点也没错，郭莹莹来我们心理咨询中心的真正目的并非为了所谓的性侵，而是为了求助戒掉她自残手臂上瘾的问题。她不知道从什么时候迷恋上了自残手臂这种不良嗜好，手臂上被她自己划得满是伤口。据资料上说，她这样做是为了保持她一贯的水准。作为一个专业的运动员，竟然靠自残来保持正常水平的发挥？说出来谁也不信，她队里的领导更是怀疑她心理有问题。

资料上简单讲述了郭莹莹的情况，并附上了几张她手臂自残后的照片。

那些横七竖八的伤疤，看上去就像蜈蚣一样，密密匝匝爬满手臂，说有多瘆人就有多瘆人，让人看后浑身不适。

送走安翠芳后，我倒了一杯橙汁，然后对这些资料仔细研究起来。

从刚刚安翠芳的话来分析，郭莹莹在韩国亚锦赛败北后，曾有一年多的不如意，陷入情绪和事业的低谷，但是后来突然东山再起，凭借优异成绩重新进入大众视野。

这一切难道真的跟她自残有关？

如果真如她所说，那么问题又来了，郭莹莹为何要通过自残才能发挥出正常水平？

这不对劲的地方，让我突然想到了周星驰主演的电影《鹿鼎记Ⅱ：神龙教》中的一个情节，就是韦小宝和冯锡范在东郊皇陵对战的时候，冯锡范通过自残来逼出全身的潜能，增强了自身的威力。

当然了，这只是电影情节，不能当真，也不具备参考价值，毕竟在现实生活中，运动员一受伤，成绩是往往要大打折扣的，哪里还会有正常水平呢？

所以说，这是所有问题的关键之处！

第二章

整整一个上午，我都在思考和研究这个问题，甚至还四处查找相关文献，希望从中寻得答案。然而很遗憾，一无所获。

下午郭莹莹就要来了，这让我感觉事情挺急迫的。吃完午饭，我就迫不及待地又钻进了办公室里，继续研究起来。

可能是我太过专注了，不知道什么时候，张哥已经来到了我的办公室。

估计看到我在玩手机吧，他语带轻蔑地说："哎哟，姨妈出差了，你就真当公司没领导了是吧，上班时间，不好好工作，在这里勾搭美女还是怎么的？"

我被他突如其来的声音吓了一大跳，抬头瞪了张哥一眼："张总，用不着你提醒我，我知道姨妈临走前将咱们中心的大权交给了你。"

张哥继续道："别避重就轻，是不是被我猜中了，今晚你们订好酒店了吗？没订好可以用我的白金卡账号来订，给我攒积分。"

“来来来，你看这是美女吗？”说着我将手机举起给他看，心中飘过一丝暗喜。只要他看到照片，肯定吓一跳。

“我去，这手臂也太吓人了吧，到处都是伤疤啊！”本来想要抓我罪证的张哥，看到这些照片之后，连连后退，“臭小子，你什么时候有了这么重口味的爱好了，居然喜欢上看伤疤了。”

“谁喜欢看伤疤了。”我摆摆手道。

“我屁股上有两道伤疤呢，要不我脱给你看看！”张哥一扫刚才的窘态，反击道。

“我的张哥，你就别逗我了！”我无奈地叹息道，“姨妈去青城山之前，不是拿了一个案子给我吗？这是那案子中的资料，下午咨询者就来了，我这是在研究呢！”

“你还记得案子就好，我就是为这事来的！”张哥上下打量了我一眼，然后嫌弃地说，“姨妈走之前特别交代过我，要我监督你务必穿着打扮讲究一些，好歹要见的人都是大有来头的。”

我低头看了看自己穿的牛仔裤和白色T恤，眉头一皱：“这很讲究啊，干干净净的，又不脏。”

张哥绕过办公桌，扯了扯我T恤的衣袖，脸色难看地说：“就你这身打扮还讲究？穿得跟送快递的似的，少废话了，赶紧把西装换上，一会儿他们人就来了。别人你都可以随意一些，爱怎么穿就怎么穿，但是这两人你不能这么对付。”

张哥连珠炮似的一通说：“我告诉你啊，你可别丢咱们中心的脸。现在我是中心的负责人，你出了娄子，我可是有责任的，你可别害我！”

“好好好，我穿我穿。不就是穿个西服接待咨询者吗，至于这么上纲上线吗？”我不耐烦地说，然后从柜子里取出我的西服和皮鞋。

张哥的意思，我自然明白，穿得越正式，来访者越会觉得你专业，跟别的同行不一样，从而对你多了几分信任。

通俗点说，心理咨询就是一个信任咨询，来访者对你越信任，那么他们的问题就越容易解决。只不过西装送洗很麻烦，我平日懒得折腾，所以很少穿，基本都是穿休闲装，没想到今天被新任领导强制换装。

我一看张哥还戳在那里没有出去，便瞟了他一眼说：“喂，你怎么还不走，莫非想看我换衣服？”

张哥瞪着我，学着我的口吻说：“是啊，就是想要看你换衣服，害羞啊，不让看啊！”

我无奈地耸耸肩。

“两个大男人，你怕什么，来来来，哥哥帮你换衣服。”说着他佯装要替我换衣服。

张哥就是爱和我开玩笑，我有时候真是对他极为无语。突然福至心灵，萌生一计，于是假装配合。我故意提了提裤子说：“对对对，我有的你都有，你有什么没见过的？我又有什么好怕的？”

张哥一愣，我继续靠近道：“来来来，你帮我把裤子脱了吧，来吧。”

他万万没想到我会这么说，微微一愣，缓过神后，大骂了我一句：“你个变态！”

然后急匆匆地出去了。

这是我第一次看见他如此狼狈地逃出去，不由得哈哈笑了起来，心里爽快至极，想不到张哥也有今天！

看来对付“贱人”，你得比他更贱！

我将换下来的衣服，放进柜子里。

这时候，我无意中看到了书架上摆放的那尊姨妈送给我的胜利女神尼凯雕像。

当时我还不知道这是一尊胜利女神尼凯雕像，见它没有头部，也没有手，造型如此丑陋，还不太高兴地跟张哥说：“姨妈可真小气，送一尊这玩意给我，也不知道哪个垃圾堆里捡回来的破烂。”

“哎，就说你没文化吧，你还不信。”张哥笑笑说，“这是一尊胜利女神尼凯雕像，本是姨妈的心爱之物，之前一直摆在她的办公室里，不让任何人动。”

“胜利女神尼凯？”

“没错，尼凯是希腊神话中的人物，代表着好运和胜利。她送给你是希望你旗开得胜。”张哥双眼一瞪，一副嫌弃我的模样，接着说，“最早的胜利女神尼凯的雕像是1863年在爱琴海北部的萨莫色雷斯岛发现的，所以又名为‘萨莫色雷斯尼凯像’。”

我感叹道："你懂很多啊！"

张哥一副得意的表情："当时这只是一堆碎块，后经多年修复才得以重新站立起来，但仍然缺头少臂。后来的艺术家们为了修复它，也弄了不少头来配，但都无法匹配，只好让它残缺着了，于是就这么延续下来了。"

我侧眼看了看那尊雕像。

张哥问我："话说，你不觉得这么残缺着很美吗？"

我耸耸肩，不以为然道："不觉得。"

张哥长叹一声说："看来我跟你真不是一个水平线上的人，你还真不会欣赏，这叫缺陷美懂不，就跟断臂的维纳斯一样，因为缺陷而显得真实，因为缺陷而让人更加追求完美，因为有了缺陷，才会不断地去努力追求完美，努力完善自己，完善周围的环境，于是整个世界才有源源不断的进步的动力。"

我瞥了张哥一眼，没说话。

张哥继续滔滔不绝："就像唯物辩证法不断解决矛盾，从而不断取得发展的道理一样。不过像你这种没文化的人，这么高深的哲学，你自然是不会懂的啦，跟你说那么多也是白说。"

我点点头，说："你知道白说还说了那么多。"

张哥追问道："你要不要？不要的话，我拿走摆我办公室里了。"

我忙说："当然要了，我的柜子上正好还有一格不知道放什么好呢，这玩意大小正好合适，虽说我没有相中，但好歹是姨妈的一片心意嘛！”

就这样，这尊胜利女神尼凯雕像摆在了我的柜子上，一直到现在。

这时候看到它，我自然想到了当初张哥的话，又想到了郭莹莹自残的事情，突然意识到了什么，犹如醍醐灌顶一般，顿悟出了郭莹莹自残的真相。

我信心满满地等待着郭莹莹的到来。

没过多久，前台的阿怡打来电话说，郭莹莹来了。姨妈临走之前特别交代给我这个案子，我一定要认真接待，所以挂了电话后，我就立刻出门迎接了。

一出门，就看到前台接待处的沙发上坐着一男一女。

那女人的头上戴着一顶鸭舌帽，帽檐压得很低，遮住了大半张脸，尽管如此，我还是一眼认出了她就是郭莹莹。

那男的五十岁出头，脸形微微有些胖，看上去和和气气的，但眼神很锐利，浑身上下透着一股不怒自威的气势。

我猜他应该是郭莹莹的领导，上前一问，果然，他姓余，是郭莹莹所在射箭队的主任。

姨妈离京之前，已经就由我代替她的事情跟余主任沟通过了，估计是看我年轻吧，尽管余主任心中早有数，但见到我的时候，还是微微有些惊讶。

不过姜还是老的辣，他吃惊的表情一闪而过，立刻热情地跟我寒暄了起来。

接待处人多口杂，也不是聊天的地方，我们相互介绍之后，我就领着他们到了自己的办公室里。

进门后，郭莹莹才将帽子摘下。她的脸色有些难看，像是刚哭过，双眼微微有些浮肿，看着让人有些心疼。

她一坐下就抱着双臂，不由自主地摩擦着臂膀，看起来有些不太舒服。

我给他们各自倒了一杯热橙汁，关切地问道："是不是房间太冷了？要不要我把暖气开大一点？"

郭莹莹没说话，干涩一笑，只是摇了摇头。

余主任则说："你们这里已经很暖和了，我们不冷。"

听他这么说，我便坐在了对面的沙发上。

余主任继续道："欧阳心理师，赵总去四川之前应该将我发给她的资料转给你看了吧？"

我应声道："没错，我已经详细看过资料了。"

余主任追问道："那依据你们的咨询经验，你觉得是怎么回事？"

我思忖片刻，回道："虽然资料我都看过了，对于郭女士的病症也有了自己的分析，但有些事情还需要向她查证方可定论。"

郭莹莹听了，面露不悦，声若蚊蚋地说："我没病……没病……"

余主任面容不悦，侧目教训道："还说你没病，你要是没病，为什么要不断地自残？"

郭莹莹不说话了，但是余主任却好像被激怒了："看看你自己的手臂，都割成什么样了？来之前咱们不是已经说好了吗，一定会好好听话看病的！"

郭莹莹的头越来越低，余主任呵斥道："你忘了陈勇为了你差点被抓去坐牢了，你这样对得起他吗？"

陈勇？

陈勇就是传闻中对郭莹莹行为不轨的男队友。

听到这个名字，郭莹莹下意识地摸了摸手臂，低着头，没有吭声。

难怪郭莹莹像是哭过，看来两人在来之前就因意见不统一而争吵过了。

我见状，忙打圆场说："郭女士，不好意思，刚才我失言了，你的情况的确不是病，只是一种心理障碍。"

听我这么说，郭莹莹缓缓抬眼看了看我。

我解释道："我知道很多人都怕见心理咨询师，因为不管有病没病，在心理师面前总感觉自己是个病人，这种心态非常正常，我也非常能够理解。"

我的这一番话让郭莹莹降低了警惕。

我看了看她，又看了看余主任："现在你正在做的这个行为，虽说不是病，但是严格来说也是一种病态了，如果不及时调整和治疗的话，我想你的射箭生涯很可能将无法继续下去了。你也不想这样对吧？”

郭莹莹点了点头。

见她有了反应，我鼓励道：“既然有了问题，那我们就必须直接面对，逃避是没有任何意义的。”

此话看来说到郭莹莹的心里去了，她思忖了片刻，问道：“你想问我什么，就问吧。”

“我想先看看你的手臂，可以吗？”我追问道。

郭莹莹犹豫了一下，看了看余主任，见他点了点头，她才默默地卷起了袖子，露出了双臂。只见上面横七竖八满是伤疤，有的已经愈合了，有的依然血肉模糊，甚至已经感染发炎了。

尽管我已经在姨妈给的资料中见过她手臂的照片，但此刻见到这一双恐怖的“伤疤”手臂，还是充满了震惊。

我不由得抬眼看了看郭莹莹，不禁感叹：这么一个漂亮的女孩，手臂却是如此惨状，真是让人又恐惧又心痛。

余主任也不忍心多看，叹了口气，便将头撇开了，但还是略有些生气地说：“还说没事呢，你自己看看，都成什么样了，你也太狠心残忍了吧！”

郭莹莹的眼眶一下子就红了。

余主任继续苛责道：“你才二十多岁，怎么这么下得了手啊，自己割自己，难道就一点都不疼吗？”

郭莹莹急忙将袖子放了回去，将双手藏在了身后，眼泪在眼眶里直打转地说：“我这不是没办法吗，训练明明很好的，百发百中，但是一上赛场就老失误。”

余主任无奈地叹了口气。

郭莹莹则落寞地说：“我无意中发现割伤自己的手臂，竟然能让自己水平恢复如常。为了保持一贯水准，就算再疼，我也要割啊！”

她越说越伤心：“你们以为我愿意吗？我愿意让自己变成怪物吗？我也没办法，没办法啊……”

余主任指着她，跟我说：“欧阳心理师，你看看，自残到这个地步，这不是有病是什么？要她过来看心理医生，她还死活不愿意，要不是我跟她说她不来看病，以后就不让她比赛了，她肯定还不会来！”

这句话戳到了郭莹莹的痛点。她被余主任这么一说，眼泪扑簌簌地直往下流。

见她哭了，余主任又不爽地跟我说：“你看，我又没说她什么，她就哭了，真是……”

虽然他也是好心，但这反复几个回合，已经让郭莹莹情绪跌落至谷底，如果继续这么下去，恐怕我的咨询还没有开始，郭莹莹就被他说得沉默了。

这个余主任在这里确实太碍事了，可是就这么请他出去有些驳他的面子。正想找个借口，这时他下意识的一个动作给了我充分的理由。

余主任教训完郭莹莹后，显得有些心烦，不由得摸出了香烟，放在嘴上，正要点燃。

我忙说：“余主任，不好意思，我们中心办公区内禁止吸烟。”

他将嘴边的香烟拿了下去：“不让吸烟啊！”

我解释道：“不过，大厅的接待区里有专门吸烟的地方，并且还有茶水，要不您移步过去那儿抽，我跟郭莹莹在这里先聊一聊？”

“也好。”余主任点点头，收起了香烟，起身就要离开。

他临走之前跟郭莹莹说：“我知道我在这里啊，你心里也有压力，现在我出去坐坐，你的事一定要跟欧阳心理师好好说啊。”

郭莹莹微微颔首。

余主任继续道：“这事可大可小，你心里应该再清楚不过了，你要是不配合治疗，以后我可保不了你了。”

说完，余主任出去了。

第三章

余主任走了后，我从桌上抽了几张抽纸递给郭莹莹，然后宽慰地说：“郭女士，你别伤心了，余主任刚刚说话没太顾及你的感受，你也别太介意，他只是关心过切而已，只不过方式不太对。”

郭莹莹擦了擦眼泪，哽咽地说：“嗯，这个我知道，余主任向来待我不错的，对我关爱有加，我哭也不是因为他，只是觉得心里委屈。”

说到这里，她拿起纸巾擦了擦眼泪：“我确实是伤害了我自己，明明就是为我们队扬名立万，为国争光，但是大家好像都不买账似的，不但不理解我，还觉得我有病！”

“嗯，我能明白你的感受，这就好像是‘我本将心向明月，奈何明月照沟渠’一样。”我安慰道，“然而，我还是要说，你的出发点是好的，只是方式不可取，并且不具有可持续性。”

郭莹莹点点头，但我却感到了一种隐隐的敷衍。

我继续道：“出现了问题，我们应该及时找到正确的解决之道，而不是利用短视的行为暂时将问题遮住，因为你不解决，问题永远存在。短视行为就好比埋下了一颗定时炸弹，一旦爆炸，不但之前的问题难以解决，新的麻烦还会随之而来，让整件事情变得更加复杂和棘手。”

可能是我的话引起了郭莹莹的抵触，她没有正眼看我，反而瞧往一边，故意用一种无所谓的语气说：“欧阳心理师，我真的没病！我只是想出名，好吗？”

“出名吗？”

“没错，你没看现在比赛，运动员只要有什么出格的表现，媒体就大肆报道，人马上就走红了，谁还管你成绩好不好？”郭莹莹解释道，“我又不能一直射箭射到老，总要有条后路啊，我这么做全是为了吸引眼球。”

“你感觉自己成功了吗？”我淡然一笑。

“当然了。”她点点头，“你看，现在媒体不都在捕风捉影地写我了吗？”

我知道郭莹莹是在转移话题，还是不肯吐露心声，于是我借力打力，耐心地劝导道：“那些都是负面新闻，必须是正面新闻，你才能红得下去啊。不然大家都在骂你，有什么用处呢？”

或许被我说中了心中所想，郭莹莹不说话了。

我继续道：“我相信你是聪明人，自有分寸，就算真想成为焦点，也不会用这种笨方法的，不是吗？”

郭莹莹轻叹了口气，还是没有回应。

我立刻转换了语气：“我们可以签署咨询保密协议的，我也不是媒体，不会乱报道的，你在这里说的事，没有你的允许，别人不会知道的，这点你大可以放心。如果信息被泄露，你可以追究我的法律责任的。”

郭莹莹听了，虽然没有说话，但是神情有所松动。

我又乘胜追击，继续开导：“其他人不相信你，但我相信你，可你也要相信我，我才能帮你解决问题。”

郭莹莹抿了抿嘴，我知道，她已经犹豫了，心中保密的天平已经失衡。

我保证道：“在这里，我不能说‘我才能治好你’，因为病人来找我们做治疗，其实内心都觉得自己没毛病，都是外界逼迫的，或者有难言的苦衷。因此，在跟病人的谈话中，我们得注意自己的措辞。”

郭莹莹像一块冰，起初坚硬寒冷，现在已经有点融化了。她没有继续和我抬杠，而是保持沉默。

这其实是一件好事，代表她听进去了，也在慢慢消化了。

在这整件事中，郭莹莹的自残是症结所在。普通人不会拿自残当快感来享受的，她这么做确实是有原因的。如果不是男队友性侵导致受伤的，那么我就要考虑其他可能性，包括她自己道出的那些看似荒谬的借口。

分析到这里时，我突然想到刚刚余主任那句“陈勇为了你差点被抓去坐牢了”，联想到安翠芳提到的性侵事件，虽然尚不知道真相如何，但是二者肯定有关系，于是又补了一句：“外面谣传你的男队友欲对你行不轨，而刚才余主任无意中透露了你的队友陈勇差点被抓去坐牢，我想这肯定与你的自残有关吧？”

郭莹莹的眼神闪烁起来。

我继续道：“很显然，这就是你之前的老问题没有妥善解决，靠拖靠隐瞒，从而酿下了第二个麻烦。而如果这个麻烦不及时有效地解决，还会出现第三个、第四个，最后就像滚雪球一样，麻烦越来越多，越来越难以解决。”

听到陈勇的名字，郭莹莹的心理防线卸下了大半。她犹豫良久，终于松口道：“欧阳心理师，你猜得一点也没错，陈勇差点被抓的确跟我的自残有关。”

我拿出记录本，适时地记录起来。

郭莹莹回忆道：“一周前的那个下午，我正在射箭场进行训练，但是老没感觉，射了几回成绩皆不理想。我想自残让自己超正常发挥一下，于是就偷偷回到了休息室。趁着没人的空隙，正要动刀的时候被队友陈勇看到了，他误以为我要自杀，于是上前来抢夺我手中的刀，就这样惊动了其他人，这事也不知被谁篡改成陈勇持刀欲对我行不轨传了出去，一时间传得沸沸扬扬。”

郭莹莹无奈地说：“我本来想站出来澄清谣言的，但队里担心我自残的消息传出去后，会影响到我以后的前途，便将我拦下并全队下封口令，不去回应任何传闻。可是没想到，我的粉丝以为我真的被侵犯了，眼见我们射箭队也不做回应，以为里面是黑幕重重，于是报了警。警方前来调查，我们只好赶紧向他们说明一切。”

搞了半天，原来郭莹莹被性侵的真相竟然是这样，真是让我有些哭笑不得。

不过，我的这招用得不错，郭莹莹深呼吸了一口气，表情坚定地说：“现在我知道我错在哪儿了，我一定会好好接受你的治疗，尽快将我的自残行为戒掉，回到正常的训练和生活状态！”

“好的，那我们现在就正式开始了。我的有些问题可能会让你感到不适，但请你多多包涵，我们一切是为了治疗。”见她被我说动了，我自然很开心。

“好的，我一定配合。”

“你是从什么时候开始迷恋上自残的？”我开始切入主题，问道。

虽然说配合，但郭莹莹还是有些抗拒的，她不太同意地说：“迷恋？谈不上吧。至于一开始嘛……我想想看，大概是半年前吧，一次偶然的机会才开始的。”

郭莹莹详细回忆道：“一年前在韩国亚锦赛中败北而归后，我就一直奋发图强，努力训练。然而奇怪的是，训练中我的成绩明明都非常好，可是每当进入比赛，我的手脚似乎就不听使唤，不是箭头射偏，就是手臂抽搐，事后去医院查了，我的手脚并无任何问题。”

似乎是想到了不愉快的过去，郭莹莹的情绪也低落了下来：“就这样大半年下来，我一事无成，队里上下都对我颇有不满，外面也有一些关于我的流言蜚语，我内心备感焦虑，曾一度想就这么放弃了，但是一次奥林匹克射箭赛的夺冠让我重新振作了起来。”

郭莹莹解释说，那次赛前，她因意外被箭头划伤了手臂，当时疼得她眼泪都要流了。

可是在那场比赛中，她却如有神助，超常发挥，一举拿下了金牌。

她原以为那次夺冠只是她努力训练的结果，然而不久后的一次交流赛中，她很快惨遭打脸，再次失手惨败。

在接下来的亚青会中，她惶惶不可终日，生怕再次失手，就连到了赛前，她还是坐立不安。就在那时候，她突然想起上次奥林匹克射箭赛的擦伤意外，心里不禁微微一颤，于是偷偷去了卫生间，用刀片将手臂割伤了，结果让她感到惊奇，她竟然再次夺冠了！

由于有了这两次成功的经验，郭莹莹感觉自己打开了一扇崭新的大门。从那以后，每当有赛事的时候，郭莹莹就在赛前偷偷自残手臂，以求发挥正常，不再失手。

我接着问："一年前的韩国亚锦赛开赛前，你是不是遭遇了什么变故？比如恋爱分手、父母生病，或者其他影响你身心状态的事情。"

"确实发生了很多事。"郭莹莹解释说，"那年春天，我母亲得了重病，需要很多钱治疗，而我积蓄不多。正巧那时候有另外一家射箭队开重金想挖我过去，当时我心里非常纠结，一边是母亲治病需要一大笔钱，一边是培养我多年的单位，不管选择哪边，我都觉得过意不去。我纠结了很长一段时间，迟迟下不了决心。这事无意中被余主任得知了，他给单位报告，单位领导经过商议之后决定对我实施帮助。最后我母亲所有的医疗费，单位都报销了，他们还给我捐了钱，这事就这么解决了。"

"原来如此。"我故意轻描淡写地接了一句话，实际上对初步诊断已经有把握了。

"您看出我有什么病了吗？"郭莹莹很紧张，忙问道。

"你不是觉得自己没病吗？不用太担心。"我安慰她。

郭莹莹还是不放心："我自残真的是因为这样射箭会发挥得更好

些，你千万别跟我的领导说我得了精神病，抓我去精神病院治疗。我还有自己的事业，我还有家人和朋友……”

“你放心，不至于那样的，否则你不会被送到我这里，早就被强行收治了。”我回了一个微笑，让郭莹莹放宽心，“我一会儿和你的领导再谈谈，争取商量出一个对你有帮助的方案来。”

郭莹莹有些犹豫，不愿意起身，她提醒我：“欧阳心理师，你说过的，我们之间的谈话是秘密，其他人不会知道的。”

病人都很怕自己的心事被人知道，哪怕外人觉得那只是一件很普通的小事，在他们眼里，却是天大的面子，会用生命来捍卫。

我深谙这种心理，于是停下笔录，郑重其事地向郭莹莹保证道：“这你大可以放心。我和余主任要谈的事情，不会涉及你的隐私。”

郭莹莹点点头。

为了缓和气氛，我又半开玩笑地说：“你看我这么正义凛然的人，也不像会打小报告的。我要见你领导，主要是针对你的训练，想提出一些自己的看法而已。”

“我的训练？”郭莹莹先是愣了一下，然后质疑道，“我又不是来跟你征求射箭训练的建议，你也不是这方面的专家吧？我明明是来看……”

看到郭莹莹不敢说下去，我就接话：“你不是来看病的，我知道，我相信你说的话，所以也请你相信我！”

第四章

郭莹莹半信半疑，离开了我的办公室，然后余主任门也没敲，就那么自己进来了。

虽然有些不悦，但我还是选择了礼貌地打招呼。

这样的人当惯了领导，一般不会配合别人的。我对心中的治疗方案有些担心，怕对方不会答应。果然，余主任很直接，马上问我，郭莹莹得了什么病，到底说了什么秘密给我听，让我一五一十地告诉他。

我站起来，绕过办公桌，对余主任说："您先别着急，郭女士的问题不太严重，只是我需要和您商量一下她的训练方式。"

"训练方式？"余主任上下打量了我，轻蔑道，"你，你懂怎么训练射箭选手吗？""这和她的病情有关。"我严肃地回道。既然郭莹莹不在，我还是明确地用了"病情"两个字，以此引起余主任的重视。

"她到底有什么病？"余主任好奇地问。

我这时才揭开谜底："在你们来之前，我就对拿到的数据和资料做了一番研究，现在听你们详细说明情况后，我初步诊断郭莹莹应该是患有一种名为'yips 症候群'的症状，中文学名叫感官型运动障碍症。"

"感官……障碍，"余主任反问道，"这是什么怪病？"

"这种症状最早出现于高尔夫球运动员推杆时，患者的手和腕关节出现不自主的抖动，使之无法准确地将球打入洞内。这是一种运动表现失准的现象，像棒球、网球、台球、飞镖等运动项目也可见患有此症状的运动员。”我耐心解释道，“患有这种症状的人，大部分是因为生活中发生了诸如父母去世、关系破裂、生活变迁等重大事件而造成。我刚问过了郭莹莹，她之前生活是有些变故，所以……”

余主任没等我说完，习惯性地打断道：“原来还有这种怪病。”

我点点头，肯定地说：“她自残就是因为这个病。你回忆一下，她在训练时是不是发挥正常，比赛时却会颤抖，她应该有提过吧？”

余主任听我那么说，立刻回忆道：“确实有提过，而且还不止一次。我一直以为她是在找借口，或者是心理压力过大。”

之前，郭莹莹在和我的谈话过程中也承认过，她在射箭的时候一般不会感觉到明显的颤抖，只有在比赛时才会表现失常。

这个特殊的情况，也是她在自残多次后，才确定下来的。

因此，郭莹莹从没想过，为什么只有在比赛时才会那样，她也以为是普通的心理压力过大，大家一样那么以为。

面对余主任的疑问，我解释道：“她那种抖动或者说颤抖是一种下意识的肌肉运动，它细微到几乎觉察不到，她平常训练不会出现这种情况，我猜测，这应该还是此病症的初期，因此只有在正式比赛时才会发病。”

“原来如此，难怪呢。”余主任接着又问，“那她自残后为什么会水平发挥正常了呢？”

我称赞道：“余主任，这个问题问得好！”

我稍稍停顿，继续道：“关于这个问题，看完你们发来的资料后，我第一想到的就是郭莹莹应该是患了感官型运动障碍症，但是为什么自残后又发挥正常了呢，当时我也是百思不得其解，直到我无意中看到了这个……”

说着，我从柜子上拿下了姨妈送的那尊胜利女神尼凯。

余主任去过大大小小的体育赛事，见多识广，他一眼就认出来：“这是胜利女神尼凯雕像，奥运会的金牌上就有，我认得。”

他话锋一转：“它有什么问题吗？”

体育界的人对胜利女神都很了解，尤其是参加过国际赛事的人。要知道，从 1928 年阿姆斯特丹奥运会开始，颁给运动员的奖牌上刻的都是胜利女神尼凯。余主任和身为运动员的郭莹莹对它自然是再熟悉不过了。

我拿下胜利女神的雕塑，一边展示，一边回答：“是的。我知道胜利女神尼凯在体育界有很高的地位，它代表了胜利，是和平、爱和自由的象征。它在心理学上其实也蕴藏了深奥的哲学，其中最重要的一点就是缺陷美。”

“缺陷美？”

“没错。如你所见，我这尊胜利女神尼凯，身体上带着一双羽翼，身着薄纱，风姿轻盈婀娜。不管从哪个角度来看都无比精致，除了没有头。”我耐心解释道，“这时，我们就会忍不住想它为什么没有头啊，如果有头是不是更漂亮，它的头到底是什么样的呢？”

“确实是这样。”

“我们的注意力更关注它失去的部分，这是一种感官转移。”我将雕像放了回去，“郭莹莹的自残也属于这种范畴——残缺美，通过残缺来完美。”

余主任一时没跟上节奏，还站在我的书架边上，消化刚才听到的内容。

我见状，又把事情说得再通俗一点：“丹青能令丑者妍，这话由我来说，有些不应当，但郭莹莹的自残闹剧，看似给她蒙羞，却给我指了一条明路。”

我叹了口气：“她的自残并不是没道理的疯癫，在某种程度上，是有意义的。其实，郭莹莹一直跟你说的是实话，可这话又太荒谬了，旁人很容易误会她是在撒谎，没有一个人相信她。”

余主任彻底听糊涂了，没敢继续接话，而是选择问重点：“是吗？郭莹莹得的病真的是感官型运动障碍症吗？我以前带队去国外比赛，好像听别人提起过这种毛病的，好像特别难治疗吧。”

“所以我想和你商量一个训练方案。”我解释说，“而这方案就是胜利女神给的！”

余主任反复听到我要商量训练方案，一头雾水。我不去治疗病人，跟人家跨专业制订训练方案干什么呢？

更让余主任不理解的是，为什么胜利女神尼凯的雕塑和郭莹莹的治疗会扯上关系，总不会让郭莹莹烧香拜女神就算治好病了吧?

一开始，余主任确实是不理解，可后来听到我的治疗意见，他就立刻同意我介入郭莹莹的新训练方案中来了。

诚然，没有一种病是谈几段话就能确定下来的。

接下来的几天，我先是给郭莹莹做了各种测试和对话，又带她去医院做了个深入细致的检查。一如我之前的推测和诊断，她的确是患上了感官型运动障碍症这种特殊的心理疾病，并且正处于初发期。

这种疾病分为神经性和心理性，郭莹莹的肌电图没有显著的异常，这种情况还是比较好解决的。

像她这种情况，业界推崇的是寻找适合的治疗方案，比如改变郭莹莹射箭的习惯性动作，不要用固定的模式来射箭，以及积极地做心理干预。

而改变郭莹莹的习惯性动作，是这个治疗过程中最重要的一环。就像胜利女神尼凯的残缺雕塑那样，那是一种感官转移，可谓不破不立。

同时，我也建议郭莹莹做物理治疗，也就是对百会、四神聪和外关穴进行针灸。

实际上，做针灸既可以刺激神经，也可以达到心理学上的安慰剂效应。这种治疗，是将心理治疗暗藏在了物理治疗中。

两种方式互相促进，反倒有了一种事半功倍的效果。

不久之后，姨妈从青城山回来，一进门就问起了郭莹莹的事情。我向她说明了整个案例分析和治疗过程，她听后表示非常满意：“子瑜，这一次的事情，你处理得非常好。”

而安翠芳也来问过，我并没有透露具体的咨询和治疗内容，只是让她放心，她的偶像非常好，不需要过分担心。

半年后，郭莹莹再来中心见我的时候，气色明显好了很多，状态变得轻松自若，眼神也不再恐惧，整个人都精神抖擞。

一见面，郭莹莹就表示很感谢我，她很自然地坐在沙发上，开心地说：“没想到欧阳心理师真的相信我，当时我一直怕你是骗我，想拖延时间，让精神病院的人来抓我。还好，你相信我，我真的不想自残，我之所以那么做只是想让自己能恢复正常水平。如此而已。”

我感叹道：“你自残属于一种感官的转移，你并非真的想要自残，而是那么做能转移各种感觉，以此抵抗感官型运动障碍症对你的影响。”

我给她倒了一杯咖啡：“你其实找对了方向，只是没找对方法。不过也算歪打正着，给我的治疗方案提供了一个灵感。”

“原来如此。”郭莹莹十分庆幸，“我那时也有过想法，觉得自己疯了，还好遇到了你这样的心理师。谢谢你，让我如获新生。”

射箭是郭莹莹的事业，也包含了她的激情和热爱，她十分看重和珍惜，能重回赛场，自然对我千恩万谢。

之后，郭莹莹没有继续自残，也没有那个必要了。在心理干预后，她早就恢复了往日的水平。

在一次国际比赛夺冠后，郭莹莹和余主任又一次登门拜谢，还给我发出邀请，让我观看一场国际友谊赛。

“欧阳心理师，你一定要来啊。”郭莹莹笑笑说，“我相信看了我的比赛，你也会迷上射箭这项运动的。”

我淡淡地说：“通过和你接触，我已经是半个射箭专家了。”

听我说完，郭莹莹和余主任哈哈大笑起来。看到郭莹莹自信的笑容，我也自然地笑了，这是我当心理咨询师最大的满足。

当然，我也趁这个机会向安翠芳示好，请了她过来见她的偶像。看到她激动万分地跟她的偶像，又是合影，又是索要签名，我心里也是美滋滋的。

最后，郭莹莹神秘兮兮地说：“欧阳心理师，那个安老师真是非常不错，到时候你们可以一起来看比赛，增进感情。”

我不由得笑了。

NO.06

一个反转不断的坠楼罗生门

案例编号：120702461			
姓名	殷素梅	职业	家庭主妇
性别	女	婚姻	已婚
年龄	51	住址	广西马山县
症状情况	她的亲生儿子季小山从小就体弱多病，五岁的时候就生病死了，这起意外改变了她的一生，也致使她患上了一种奇怪的病症		
治疗结果	失败		

第一章

李达是一名警察，也是我们的老朋友，向来待我们不薄。每次找他帮忙，只要是在合法合规的前提下，他基本上都不会拒绝。有时候，他也会找我们帮他参谋参谋所遇到的一些奇怪的案件。在他找我们参谋的案件中，殷素梅罗生门事件是最为诡谲离奇的一桩，至今我依然觉得这个案子有些颠覆三观。

那天我正在办公室里整理文件，突然张哥跑进来跟我说："臭小子，你还记得前不久千山公寓的事件吗？"

"知道啊，老李经办的那起殷素梅罗生门事件嘛。"我抬起头看着张哥问，"怎么样了，莫非案件有了新的发展？"

"是的，老李刚刚来电话说殷素梅已经苏醒了，她亲口确认自己是在阳台上晾衣服的时候，不小心摔下楼的！"

"哦，既然作为当事人的她都这么说了，那么自然是不会有假了，案子终于算是破了！”

殷素梅罗生门事件在当时闹得沸沸扬扬，那阵子我也时刻关注着案件的后续发展。虽然结果有些出乎我的意料，但是好歹算是有了个结果，我终于不用像之前那样猜来猜去了。不过下一秒，我立刻想到如果案件真是那么简单的话，李达也就不会来找张哥了，忙问：“既然案子都破了，老李还找你去干吗？”

“我不知道，刚刚我问了，但是他具体没说，只是一个劲地催我赶紧过去，看上去很着急的样子，我猜案件应该还有变化。”张哥瞟了我一眼，接着说，“我知道你最近一直都很关注这件事嘛，所以挂了电话后，我就赶紧过来告诉你，怎么样，对你好吧？臭小子，以后你对我也要好点哟！”

“切，我对你还不够好啊，你摸着良心问问你自己，工作上，你要做啥我做啥，生活上，你干啥我干啥，你还有脸说。”

“好吧，本来我见你一直对这件案子那么感兴趣，而我正好现在有事走不开，想要你代我走一趟，既然你都这么说，那么再见，等我忙完后，我自己去找老李。”说着张哥作势要走。

我忙一把将他拉住说：“张哥，我一直以来都是这么觉得的，能为你效劳是我的荣幸，能为你服务我感到很自豪！这一趟就让我代你去吧，我一定好好干，绝对不会让你失望！”为了近距离接触这起案件，我也是够拼的了！

张哥坏笑地说：“看来有些人真是嘴上说不要，身体倒是很诚实的嘛。好吧，既然你都这么说了，我也不好意思拒绝，你赶紧去吧，我已经跟老李说过由你代我走一趟，早去早回！”

我赔笑着，假装没听到，心里一千只羊驼跑过。我简单收拾了一下，立刻前往李达所在的派出所。

千山公寓事件，又被称为殷素梅罗生门事件，是李达前不久经办的一起案件。大概是半个月前的一个傍晚，他接到了指挥中心的转警，说是在千山公寓发生了一起坠楼事件，于是他立刻前往。赶到现场的时候，坠楼者已经被送去了附近的医院抢救。

坠楼者是一名叫殷素梅的中年妇女，而报警的是她高位截瘫的女儿殷晓珊。据殷晓珊称，事发时，她和母亲正在阳台上晾衣服，母亲是在踩着凳子整理晾衣竿的时候，不小心身体失去了平衡，从阳台上坠落的，她想去拉住，但是时间已经来不及，只能眼睁睁看着母亲倒头掉了下去，无助的她只好赶紧报警求助。

现场情况也基本符合殷晓珊所说。按照当时的情形来看，殷素梅应该是属于意外坠楼。然而正当李达上车要走的时候，突然一个叫谷雨玲的中年妇女拦住了他，跟他说：“警察同志，我要向你汇报一个情况，那个女人不是意外坠楼，她是被人推下去的！”

李达一听忙问详情，谷雨玲说她就住在殷素梅对面的楼上，她家的厨房正好对着殷素梅家的阳台。事发时，她正在厨房里做饭，无意中看到对面阳台上有人拉扯，其中一个是殷素梅，另一个人她不认识。起初她并没有太在意，直到看到那个人推了殷素梅一把，殷素梅的身体当即失去平衡，从阳台上直接跌落而下，她这才意识到问题的严重性。刚开始她还有些害怕，不敢报警，眼看李达要走，她终于鼓起勇气前来举报。

于是本是一起普通的意外坠楼案件，因为谷雨玲的出现突然离奇诡谲起来。李达带着谷雨玲前去跟殷晓珊对证，殷晓珊断然否认了谷雨玲的说法，坚持说母亲是意外坠楼，家里除了她和她的母亲，就没别的人，而谷雨玲则发誓说她绝对没有说谎，这一切都是她亲眼所见。

李达决定深入调查，不过调查没他想象的那么顺利。由于千山公寓建设年代较早，配套设施非常落后，社区并无监控设施，而李达在随后走访周围邻居的时候，除了谷雨玲，并没有人看到殷素梅坠楼前的情况。至于当事人殷素梅虽然送院及时，保住了性命，但是陷入了昏迷状态。

案件一时间陷入了僵局。此案被媒体披露后，因为情节离奇曲折，引起了不小的争论。一个是住在对楼的邻居，一个是坠楼者的女儿；一个说殷素梅是被人推下楼的，一个说母亲是晾晒衣服意外坠楼。大家都在猜，事情的真相到底是什么呢？

第二章

很快，我就到达了目的地。我跟李达也是老相识了，这种场合见面也不是一次二次了。寒暄了几句后，我就迫不及待地问他："老李，听张哥说殷素梅已经苏醒，并承认是因她失足而造成坠楼，按理说这个案子已经破了，你们警方无须再跟下去了。现在看你们依然死盯着不放，莫非案件还有什么重大变故不成？"

"是的。"李达点头道，"殷素梅和殷晓珊母女的证词可以彼此证明，事情好像正如她们所说的那样，但是我们在调查过程中，发现此案疑点实在太多。首先是在殷素梅度过危险期之后，负责抢救的医生找到了我，她说在抢救殷素梅的过程中，在殷素梅的指甲内发现了一些异体组织，提取异体组织之后，基本可以确定是抓伤而留下的。"

"也就是说在殷素梅坠楼之前，确实可能与人发生了冲突。在这个冲突的过程中，殷素梅抓伤了对方。"他这么一说，我立刻明白了其中道理。

李达肯定地说："没错，殷素梅指甲里的异体组织也侧面证实了谷雨玲所说的，当时殷素梅很可能与人发生了冲突。"

我接着问道："那你没有追问殷素梅吗？"

李达摇摇头，说："殷素梅指甲内的异体组织只能侧面印证谷雨玲的证词，如果就这么质问殷素梅，她可以随便找借口解释的。最重要的是母女口径一致，就说明她们想要保守某些秘密。在没有更加实锤的证据之前，我没有贸然询问。”

“那后来呢？”

“后面的事情说起来就更怪了。”李达接着说，“殷素梅被抢救过来之后，我第一时间将这个消息告诉了殷晓珊。不过听闻母亲苏醒，她似乎没有想象的那么开心，甚至有一丝丝的犹豫。没错，我确实感到了一种欲言又止的情绪。随后，她问了母亲的进一步情况，我告诉她，虽然殷素梅被抢救了过来，但是伤到了脊柱，接下来的日子恐怕都要在轮椅上度过了。当听到这些的时候，殷晓珊眼中的犹豫一扫而光，本能地追问了我一句‘是真的吗’，那是一种奇怪的兴奋。似乎母亲坠楼造成的瘫痪对她来说是一个意外的惊喜。当时我就坐在她的对面，她似乎也察觉到了我的异样，然后收敛了情绪。但我隐隐感觉，眼前这个高位截瘫的女孩似乎没有我想象的那么简单，往深处说，这起坠楼案件似乎也是迷雾重重……虽然行动不便，我还是带她去了医院看望了刚刚苏醒的殷素梅。看到重伤的母亲，殷晓珊的情绪并没有太大的起伏，只是默默地坐在轮椅上，看着浑身插满管子的母亲……”

“殷晓珊的表现确实非常奇怪啊！”

“是啊，就在我准备深入调查这对母女的时候，派出所的同事突然打来电话，说是抓到了一个入室盗窃犯。这个窃贼叫张振强，本来是一个工厂的工人，后来因为工厂效益不好就不干了，之后就一直在社会上游荡，因为没钱了，就做起了盗窃的勾当。没想到审讯他的时候，他竟还供述了一周前在千山公寓内入室盗窃，意外将人推落坠楼的事情。”

“意外坠楼？这个张振强该不会就是那个谷雨玲看到的和殷素梅发生冲突的人吧？”这起罗生门案件真是比电视剧还精彩啊！

李达点点头，说：“我之前不是提到过，在殷素梅的指甲内提取到了血肉残留吗？我在张振强的脸上发现了两道抓痕，随后我们进行了 DNA 比对，确系同一人，也就是说谷雨玲的证词是真实的，当时确实有人同殷素梅起了冲突，而这个人就是张振强！”

“这么说来，殷素梅和殷晓珊母女说谎了。”

李达说：“没错，殷素梅和殷晓珊提供了虚假证词。”

“这就奇怪了。如果当时张振强入室盗窃，并将殷素梅推下楼，殷晓珊为什么要说谎呢？她可以告诉警察的，她们家进了窃贼。还有就算殷晓珊隐瞒了有人入室行窃，那殷素梅为什么也要隐瞒呢？对方都将她推下楼了。”我想不明白，于是催促道，“老李，你别卖关子了，那天到底发生了什么呢？”

李达不紧不慢地说：“张振强胆子很小，负责审讯的同事甚至没有多说什么，他就全部招供了。我特意问了关于千山公寓的那起入室盗窃案。张振强供述称，前段日子，他和别人打牌输了钱，借了点高利贷。结果时间到了，高利贷的债主就来找张振强要钱。他必须弄到钱，只好再次做起了入室行窃的勾当。他之前在千山公寓踩过点，那里楼区老旧，防盗设施落后，也没有监控设备，很多住户都搬走了，所以是入室盗窃的最佳地点……”

李达说，张振强在动手之前，曾经到殷素梅家踩过点。本来那天按照她家以往的作息规律，殷素梅家应该是没有人的，然而张振强刚刚潜进去，这时殷素梅突然推着殷晓珊从房间里走出来，当场将他逮了个正着。

六眼相对的那一刻，张振强狂跳的心差点要从胸腔里蹦了出来。好在他急中生智，立刻想到了一个对策，忙道：“不好意思，走错门了！”他一边道歉，一边转身就要走。

殷素梅也不是吃素的，一眼就看穿了他的身份，呵斥他是小偷，还说要去报警，说着从口袋里摸电话想报警。张振强忙过去阻拦，殷素梅顺势就朝阳台跑去。她想要呼救，但是张振强顺势拦住了她，一边乞求，一边阻拦。

张振强的懦弱和哀求更加助长了殷素梅的气势，她试图挣脱张振强的纠缠，于是二人拉扯了起来。就在二人纠缠得难解难分的时候，一直淡然坐在轮椅上的殷晓珊突然开口道：“这位大哥，如果你把她推下楼，我就会把所有的钱给你！”

那一刻，张振强和殷素梅还以为听错了呢。二人为之一愣，停下了手，他们谁也没想到殷晓珊会说出这么一句话。

殷晓珊这时再次开口道：“大哥，你听到了吗？只要你把她推下楼，我就会把所有的钱给你！”

最先反应过来的殷素梅大怒，嘴里咒骂着想要回去拉扯殷晓珊。眼看殷素梅越来越近，殷晓珊再次发力：“大哥，我想你很需要钱吧？不然你也不会来闯空门了，我向你保证，只要你将这个女人推下楼去，我答应你，你一定会得到你想要的钱！”

听她再三这么说，张振强不由得心动。本来他就已经被高利贷追得无路可走了，他回问道：“如果我按照你说的做了，你没有把钱给我或者报警了怎么办？”

殷晓珊安慰道：“你也看到我的样子了，如果你将她推下楼，我根本就没有还手之力。如果我报警了，自己也脱不了干系的！”

殷素梅仍旧恶骂诅咒着。张振强也是一时脑热，鬼使神差地就将殷素梅推下了楼，然后他迅速回到客厅，在殷晓珊的指引下，他找到了殷素梅的存折，殷晓珊告诉了他存折的密码。

张振强慌慌张张地准备离开，离开前，他特意确定了一下，殷晓珊说她绝对不报警，就算警方来问她，她也会一口咬定殷素梅是意外坠楼。

张振强还是忍不住问了一句：“她是你母亲吧，你为什么要让我推她下楼呢？”

殷晓珊没有直接回答，只是笑得很甜美地说了一句：“谢谢。”

第三章

听到这里，我一脸惊愕地问：“殷晓珊指使张振强将殷素梅推下了楼？”

李达点点头，说：“没错。”

“这是为什么啊？”这剧情变得太快，我都快跟不上了，我接着问，“你应该找殷晓珊对质过吧，她是咋说的啊？”

“获知了这些信息后，我第一时间找来了殷晓珊并向她核实。本以为她会狡辩，没想到她痛快地承认了一切。”李达说着，点开了一个视频，“这是当时我和她的谈话。”

视频里，当李达询问殷晓珊为什么要合谋意图杀害她的母亲殷素梅时，瘫坐在轮椅上的殷晓珊淡淡地说：“这是那个女人应得的。这么多年，我一直在等待着，本以为再也不会有机会了，没想到老天还是帮了我，派来了一个窃贼。”

李达坐在她的对面，问道：“你和你母亲有什么过节吗？”

殷晓珊冷漠地笑了笑，说：“你看到我现在的样子了吗？就是拜那个女人所赐。”

李达说：“那你说说吧。”

“对我来说，这个女人就是一个无止境的噩梦。”殷晓珊叹了口气，然后滔滔不绝地开始说——

从我记事起，我就和母亲，就是那个叫殷素梅的女人一起生活。听她说，她和我父亲在我出生之后就离婚了，之后一直独自带着我生活。

小时候，母亲对我很好。可能是觉得我缺少了父爱吧，她几乎将全部的精力倾注到了我身上。那时候的我感觉自己就是一个小公主，任何要求，母亲都会答应。

我从小体质就不好，经常生病，吃药输液基本都是家常便饭。说真的，那时候的我还挺享受这种感觉的。毕竟不用上学，还能好吃好喝看动画片，我也就没有太过在意。

随着我年龄的增长，我的体质得到了恢复，也不像小时候那么爱生病了，整个人的精神状态也好了很多。但母亲仍旧总是因为一点点的症状就让我吃药，给我请假，然后她无微不至地照顾我。

起初，我只是和母亲说，我很健康，不用吃药和请假，母亲不允许，后来我就和她起了冲突，她竟然将我锁在了家里，强行喂我吃药，甚至带我去医院打针和输液。

也就是从那时候起，我感到了母亲在疼爱背后的恐怖。

那种近乎疯狂的控制。

我反抗过很多次，但根本不是她的对手。我也曾离家出走过，但最后还是被她找了回来。为了惩罚我，她活生生地打断了我的腿，她警告我，不要试图逃离，否则下一次就没有这么简单了。

别人的花季雨季都是在学校学习或者和同学玩耍，而我的花季雨季则是在吃药、生病，在被照顾，最后甚至被打断了腿，成了跛女。

我记得她打断我的腿的时候，我曾经哭着说："我没有生病，我没有生病……"

她冷漠地举起了锤子，重重地砸向了我的脚踝，一边砸，一边说："你看，你的脚踝都断裂了，你还说自己没有生病。"

我被打断了腿，一同被打断的还有我的勇气。

我甚至知道，就算我报了警，警察也帮不了我。

我不敢了，我感到了前所未有的恐惧。

我只好屈从她的意志。她让我吃药，我就吃药；她让我生病，我就生病；她想要照顾我，我就让她照顾我。

我感觉我都不是自己了，我成了她的玩偶。

当时的我想着，只要我长大了，就能摆脱她的控制了。

这种控制一直持续到了我高中毕业。

我在一家餐馆里打工，遇到了一个叫李志浩的四川人，他在工作之中给了我很多帮助，还帮我解决了不少困难。我渐渐喜欢上了他，随后，我们就确定了恋爱关系。

那种感觉让我至今都记忆犹新。

或许是李志浩的出现，逐渐带我走出了母亲带来的阴霾。那年的冬天，他说自己想要回南方闯荡，问我要不要和他一起。当时，我有些犹豫，我害怕母亲不同意，害怕她将我困住，害怕我会和李志浩分开。

我决定偷偷离开。

我提前收拾好了东西，却被母亲发现了。她问我要去哪儿，我说我已经长大了，我要离开了。她说我不能走，我问她为什么，她说我的病还没有好，甚至破口大骂。她就是疯子，是变态，是恶魔。接着，我们发生了冲突，我已经不是那个年幼的小女孩了，我已经可以和她对抗了。冲突之中，我用水果刀扎伤了她，然后匆匆离开了。

我不知道母亲的死活，但我希望她死了。

我和李志浩坐上了开往四川的火车。一路上，我都在默默祈祷殷素梅能够死掉。

我随李志浩到达四川之后，忐忑了一段日子，我还是忍不住给之前的同事打了电话，让她帮我确认。她去了我家，但是那里已经大门紧锁，她没有看到我的母亲，也没有听说死人。

我推测我当时没有杀死殷素梅，她活了下来，但是她没有选择报警。

不过，我已经身在千里之外的四川，终于摆脱她的控制了。

我和李志浩结了婚，婚后开了一家馄饨店。虽然起早贪黑很辛苦，但我内心很充盈很快乐，这就是我想要的无忧无虑、自由自在的生活。

不过，这种平静最终也被打破了。

那是在我逃离了殷素梅控制的第三年，那个女人再次出现在了我的生活中。

那天下午，我有些不舒服，就提前回家了，留李志浩一个人在店里。傍晚时分，李志浩还没有回家，我就给他打电话，但是无人接听。我有些着急，就去了馄饨店。

只是我没有在店里看到李志浩，反而看到了殷素梅。她见到我之后，对我笑笑说："我们又见面了。"

那一刻，我知道，我的噩梦再次降临了。

与殷素梅一起出现的还有两个陌生男人。我想要逃脱，但被他们抓了回来；我想要呼救和反抗，但我根本不是这两个男人的对手。就在那个馄饨店里，殷素梅让那两个男人将我的另一条腿也打断了，然后将我塞入了面包车，带回了原来的城市。

一路上，殷素梅都对我"百般呵护"，但我能够感到的只有无尽的恐惧。

疼痛和恐惧之余，我仍旧追问着李志浩的去向，殷素梅说李志浩再也不会出现了。那一刻的我知道，他们很可能将李志浩杀害了。

回到原来的城市之后，殷素梅说起了这三年的寻找之旅。她说她找我找得很苦，她还说当年我捅伤她之后逃跑，这让她很心寒，但她没有放弃，仍旧苦苦寻找我，就是为了能够让我回到她身边，如今，她做到了。

我想要再度逃跑。但这三年里，殷素梅变得乖戾而疯狂，也知道我不会放弃逃脱，所以在将我带回之后，她将我从楼上推了下去，就是为了让我全身骨折。这样反复几次摔倒就医之后，最终我成了瘫子。

殷素梅又可以照顾我了，而且不管怎么照顾，我都无法逃脱。不仅如此，她还在照顾我的过程中伤害我，将我全身的骨头都敲碎了，让我成了高位截瘫。除了吃饭、睡觉、说话，我什么都做不了。

我想要自杀，却都做不到。

她也逐渐放心了，甚至还告诫我，不要奢望报警或者求助，因为警察和邻居不会相信。即使相信了，她也不会让我离开她。

这期间，殷素梅带我辗转多地，我也想过向周围的人求助，但最后都打消了这个念头。我知道殷素梅的疯狂和手段，我已经害了李志浩，我不能再让好心人因为我陷入危险之中。

我乞求殷素梅杀了我，但被她拒绝了。她说除非我们之中有人死去，否则这场照顾不会停止。

我逐渐变得心如死灰，成了任她摆布的会呼吸的死肉。

三个月前，我随她搬到了千山公寓，这栋破败不堪，带着腐朽味道的楼里。

或许是她年纪大了，也或许是我成了高位截瘫，不会逃跑和求助，她对我降低了戒备和控制。她不仅经常带我下楼呼吸新鲜空气，还和我说起了很多从前的事情。

这让我感觉自己有了那么一丝丝生机，也让我重新燃起了报复的希望。我要在有生之年，寻求回击的机会。哪怕只是微不足道的伤害，也会让我感到安慰。

不过，殷素梅几乎时时刻刻在我身边，我也没有其他联通外界的方式，只能等待奇迹，而这个奇迹就出现了。老天派来了一个窃贼，我抓住了这个机会，提出将所有的钱交给他，让他推殷素梅下楼。本来只是试试看，没想到那个家伙求钱心切，真的将殷素梅推下了楼。我当然兑现了承诺，告诉了他存折的隐藏地点，还说出了密码。

本来我以为殷素梅会直接摔死，没想到这家伙还捡回了一条命，不过听你们说她残废了，以后和我一样要坐轮椅了，虽然有些遗憾，不过我心中还是很高兴，我终于能让她也尝尝被伤害和回击的滋味了。

第四章

画面最后，殷晓珊笑了，是那种发自内心的笑，看得我有些不寒而栗。我皱眉道："老李，你应该立刻找殷素梅对质过吧，她怎么说？"

"是的，我马上去找殷素梅问话。她也承认了自己并非意外坠楼，而是被张振强推了下去，对于现场的一切，她所描述的和殷晓珊说的基本一致，三人的口供没有出入。”

我追问道：“那她有没有说殷晓珊为什么会那么说呢？”

李达又调出了另外一段视频，跟我说：“这是我当时找殷素梅问话时的视频，你看看。”

视频中的殷素梅虚弱而苍老，面对李达问她为什么殷晓珊会那么说时，她是这么说的：

自从珊珊（殷晓珊）出事之后，她的整个心态和状态就变了。她变得少言寡语，而且冷漠冷酷，现在不惜让人推我下楼。

在珊珊出生后不久，她父亲就出轨了。我提出了离婚，离婚后独自抚养珊珊。

我承认，在我抚养珊珊的过程中，我对她非常宠爱，那是因为我想把她缺失的父亲的爱也一并给她。我想我的表现方式可能有些过激，但我绝对没有像她说的那样，给她吃药打针输液，强迫她生病，甚至打断她的腿，这完全是捏造！

由于我从小很宠爱她，加之没有再婚，这让她的性格有些乖张，尤其是青春期的时候，我们的矛盾激化，她甚至离家出走过。后来高中毕业了，她就开始在社会上打工。

当时我想通过朋友的关系让她在一个电子机械厂上班，都是女工，人际关系相对简单一些，可是她偏偏去了一家餐厅打工，还和一个叫李志浩的四川人好上了。

她将这件事告诉了我，我说她还太年轻，不适合谈恋爱，最主要的是我害怕她被人欺骗，我就希望他们能够分手。后来李志浩回了四川，她跟过去之后，发现李志浩和其他女生好了。她回来之后就郁郁寡欢，甚至还出了车祸，成了高位截瘫。

她一直认为她现在的一切是我造成的，加之残疾之后，与外界隔绝了交流，她的性格变得更加阴森扭曲，总是在房间里自言自语，甚至出现了幻觉。

为了让她换换心情，这些年，我带她去了很多地方，但她的状态越来越严重。

那天家里来了贼，我和对方扭打了起来，她竟然指示对方推我下楼。

我醒来之后，警方问我怎么回事。我之所以撒谎，是因为我不想让当时发生的一切曝光，也不想让珊珊卷进来。没想到你们抓住了窃贼，珊珊还编造了这么一套说法，说我迫害她。她是我的亲生女儿啊，我听了真是既恐怖又寒心。

看完这段视频，我不禁摇了摇头，说：“还是一场罗生门啊。”

李达说：“子瑜，关于此事你怎么看？如果殷晓珊说的是真的，殷素梅为什么这么做呢？如果殷晓珊撒谎，她为什么要这么说呢？”

我想了想，说：“如果殷晓珊所说属实，那么殷素梅就是患上了一种叫作代理型孟乔森综合征的病症。”

“代理型孟乔森综合征的病症？”李达一脸蒙圈状。

“没错，孟乔森综合征可分为一般的孟乔森综合征和代理型孟乔森综合征，其症状的范围都很广，是指一种通过描述、幻想疾病症状，假装有病乃至主动伤残自己或他人，以取得同情的心理疾病。18 世纪的时候，德国有位叫孟乔森的男爵，总是用装病来吸引别人的关注，且伪装得惟妙惟肖。1851 年，一篇发表在英国著名医学杂志《柳叶刀》上的文章，第一次以‘孟乔森综合征’来命名这种症状，而代理型孟乔森综合征意思是指病患使他人替代自己成为疾病的角色，获得注意并借此取得医疗介入。”我具体解释道，“代理型孟乔森综合征，通常是成人杜撰或制造孩子的病症，使得儿童受到不必要的医疗，导致心理及生理上的伤害。在外人看来，他们是非常有爱心的照顾者。他们很喜欢给别人留下这样的印象。为了给自己‘制造’照顾的对象，他们会故意伤害对方，稍不留神，就会出人命。一般说来，代理型孟乔森综合征病人都有一定的医学知识，甚至自己就是医生或护士。根据殷晓珊的描述，殷素梅曾经是护士，她可能是患上了这种病症，不过具体的还要做进一步的心理评估。”

李达感叹道：“竟然还有这种病症！”

我点点头，说：“这种病症如果发病不仅不易察觉，而且会非常恐怖！如果殷晓珊撒谎的话，那么她就如殷素梅所说，是心理抑郁导致的心理扭曲，想要通过伤害母亲来获得一种变相的心理满足。”

李达听后，说："这么说来，不管是谁在撒谎，我都能够了解她们的心理状态了。"

我又问道："那接下来你打算怎么办呢？"

李达说："现在她们母女仍旧在我们的监控之下。我想要趁着这个时间好好调查一下这对母女，看看能不能查出什么。"

我点点头，说："如果殷素梅真的患有这种疾病，那么她最亲近的人一定会有察觉的，比如她的父母，还有已经离婚的丈夫。"

李达笑笑，说："我也是这么想的。"

为了深入调查此案，随后李达前往殷素梅的云南老家，辗转找到了殷素梅的姨妈，从她口中得到了一些更令人意外的信息。

殷素梅的姨妈说殷素梅在二十五年前曾经结过婚，丈夫季海也是本地人，二人婚后育有一子，叫季小山。不过季小山从小就体弱多病，五岁的时候就生病死了。之后他们夫妇就离开了县城，去外地打工了，这些年都没有消息了。

李达旋即联系到了当地的公安机关，希望能够帮忙寻找季海。在当地公安机关的帮助下，李达辗转联系到了季海。但是听闻了李达的来意，他拒绝了见面，不过他还是在电话里告知了李达当年的事情。

季海称，二十五年前，他和殷素梅经人介绍认识并结婚，婚后第二年生下了儿子季小山，不过季小山从小就体质很弱，经常生病，在季小山五岁那年，突发急病，被送往医院后不久就去世了。

当时殷素梅正在外地出差，听闻儿子出事了，立刻往回赶，但车子晚点，她赶回来的时候，季小山已经死亡了。

儿子的去世给他们夫妇带来了巨大的悲伤，尤其是殷素梅，一直处于悲伤和愧疚当中，不过季海还是安慰殷素梅，希望她能走出来。

季小山去世一年后，殷素梅的精神状态不仅没有好转，反而出现了恶化，他们夫妇的矛盾也越来越多、越来越尖锐，他们只好选择了离婚。离婚之后，殷素梅就去了外地，而季海则去了昆明，不久就组建了新的家庭，之后二人就再没有了联系，直至李达又找到他。

我们在李达的叙述中发现了问题。

其一，殷素梅称殷晓珊是她和前夫所生，前夫季海称，他们确实育有一子，不过早在二十年前就去世了，所以殷晓珊应该是殷素梅和他人所生。

其二，名字和年龄的问题。殷素梅的女儿叫殷晓珊，她和季海的孩子叫季小山，名字里都有“xiao shan”。而殷晓珊的年龄也是有问题的，殷晓珊如今二十七岁，就算殷素梅和季海离婚后又和他人结婚生子，孩子最大也就是二十岁，所以殷晓珊很可能不是殷素梅的亲生女儿。

其三，如果殷晓珊不是殷素梅的女儿，那她是谁的孩子？

为了确定这个信息，李达立刻联系同事采集了殷素梅和殷晓珊的血样标本进行了DNA比对。比对结果是二人没有生物学意义上的母女关系，也就是说殷晓珊不是殷素梅的亲生女儿。

这说明殷素梅很可能隐藏了更多的秘密。

从云南回来后，李达立刻对殷素梅居住的公寓进行了搜索，然后在卧室床铺下面发现了一个小铁盒。盒子内都是殷素梅拍摄的，殷晓珊在昏迷状态下她“照顾”女儿的照片。

不仅仅是殷晓珊，在那一沓沓颇有年代的照片中，我们还看到了另外两张陌生的面孔。在那些震撼无声的照片中，我们仿佛看到了殷素梅在一点一点虐待这些孩子，逼迫他们吃药，将他们的手脚砸断，甚至将他们弄成残疾。

这也印证了殷晓珊所说属实，她的“母亲”殷素梅确实不是一个普通的女人，她应该就是患上了代理型孟乔森综合征。

第五章

在随后警方的审讯中，面对自己留下的证据，殷素梅最终承认了自己的罪行：殷晓珊确实不是她的女儿，而是她在孤儿院领养的。她在和季海离婚后，心中极度空虚，总是在想季小山死前的样子。她在无数个梦里，幻想过照顾自己的孩子，然后她就萌生了领养孩子，并且照顾她们的想法。

在这个过程中，她逐渐迷恋上了“照顾”。她感觉在“照顾”她们的时候，能够让她减轻对于季小山的遗憾和愧疚。

其实，殷晓珊并不是她领养的第一个孩子。在殷晓珊之前，她曾领养过另外两个孩子，不过最终都没有承受住她的折磨和“照顾”，因病死亡。

有了前两个孩子的经验，她在“照顾”殷晓珊的时候格外注意，而殷晓珊也非常“坚强”，在她的“照顾”下顺利成长。不过长大之后的殷晓珊逐渐开始反抗，她先是砸断了殷晓珊的腿，后来殷晓珊同李志浩私奔，她的心仿佛被掏空了。她“照顾”了殷晓珊这么多年，她不能失去她。她辗转三年，终于在四川找到了殷晓珊，她杀掉了李志浩，然后将殷晓珊带了回来，困在了身边。为了让殷晓珊不再逃离和求助，她彻底疯狂了，她将殷晓珊弄成了高位截瘫，彻底断了她的念想。

她也知道，自己的年龄越来越大，对于殷晓珊的控制力会逐渐减弱，所以将殷晓珊弄成残疾是最好也是最安全的方式。

本以为生活就会这么继续下去了，没想到一个窃贼突然闯入了她们的生活，而殷晓珊“抓住”了这个机会，让那个窃贼将自己推下了楼，而她的罪行也最终败露。

当李达问及她为什么要拍下那些照片的时候，殷素梅诡秘地说：“我想要留作纪念，好让我在午夜的时候，记得那些照顾孩子们的日子。”

这真是一个令人毛骨悚然的回答！

当李达事后跟我说起这些时，我不禁感叹："真是太恐怖，太疯狂了！"

李达追问道："像是殷素梅这种心理疾病，还有治愈的可能吗？"

我摇摇头，说："殷素梅罹患代理型孟乔森综合征的时间太久了，至少有十多年了，而且这种病症已经发展到了丧心病狂的地步，普通的心理疏导和治疗已经起不了任何作用了。就算真的进行治疗，她也不会配合，即使配合，治愈率也极低。"

殷素梅以故意杀人罪和故意伤害罪被逮捕后，在公安部门的介入下，殷晓珊被送到了民政部门的救助中心。

事情完结后，李达带着我见到了那个已经被殷素梅毁掉一生的女孩子——殷晓珊。她虽然只有二十七岁，却有着一种中年人的沧桑与伤感。

李达给她买了一束花，放在了她房间的花瓶里。

殷晓珊坐在那里，李达向她说了殷素梅被逮捕的消息，殷晓珊听后默默地哭了。我站在外面，不知道她究竟为何哭泣，是为自己被殷素梅迫害多年，终于得以真相大白而哭泣吗，还是殷素梅被逮捕，终将受到法律的制裁而哭泣呢，又或者是为了自己被毁掉，已经回不去的前半生而哭泣呢？

阳光透过窗子缓缓落到了殷晓珊的脸上和身上。李达问她："你接下来有什么打算吗？我们可以给你提供帮助。如果你需要心理疏导，我可以给你介绍一个非常专业的咨询方面的专家。”

殷晓珊摇摇头，淡淡地说：“此时此刻，我只想要安静地感受这一份属于我自己的阳光。”

她缓缓闭上了眼睛，一滴眼泪滑落。

NO.07

美女变怪物

▲

案例编号：120724651			
姓名	韦苍琼	职业	B超技师
性别	女	婚姻	已婚
年龄	29	住址	广西马山县
症状情况	她每天每夜地冲洗身子，疯狂地挠抓身体，哭着说皮肤下还有好多虫，要将她全身钻成蜂窝		
治疗结果	成功		

第一章

从业心理咨询师以来，我曾遇到各种好玩、有趣、离奇、诡异的心理障碍案例，说起来，或啼笑皆非，或拍案惊奇，或不可思议，甚至颠覆了我的人生观。如果要我选一起印象最深的病例，恐怕就是美女变怪物的案例了。

美女怎么会变怪物呢？这还得从我去广西说起。那年国庆节，我正打算和张哥一起去马尔代夫度假，行程、机票、酒店都已经订好，就等假期一到，马上出发，结果临走前一天，姨妈突然将我叫到办公室，要我出差广西南宁一趟。

“啊，去广西南宁干吗啊？”我一听蒙了，眼瞅就要出发马尔代夫了，姨妈突然给我整这么蛾子！

姨妈瞪了我一眼说：“能干吗？当然处理案子了。”

一见她瞪我，我就心虚，带着商量的口气说：“姨妈，可以换其他人去吗？我和张哥约好明天一早就去马尔代夫了！”

“不成，你想度假，别人难道就不想度假了，更何况对方指定要你过去！”

我不死心地说：“哦，这样啊，那可以等到节后再去吗？”

“不成。本来我打算今晚就让你过去的，但是由于节前票紧张，阿怡只买到明天早上的机票，你明天走也一样。”

听到阿怡都已经给我买好机票了，我就知道马尔代夫一行彻底没戏了。我像泄了气的皮球，没精打采地问：“姨妈，对方到底是谁啊？我认识吗？为什么要指定我去啊？”

“朱明川朱法医你还记得吗？”姨妈反问。

“记得啊，我在挪威高士塔医院学习的时候跟他打过交道，还曾帮他外甥女的孩子小永处理过心理障碍。姨妈，你也认识他啊？”我突然想到要去的地方是广西，而对方又指定要我过去，莫非……我紧接着问，“难道是朱老要我过去的吗？莫非他得了什么心理疾病？”

姨妈点点头道：“是的，就是他指定你过去的，但患病的人不是他，是他以前老领导的孙女。”

听到是朱老召唤我，凭着跟他的忘年交，我岂有不去的道理，当即应承了下来：“好的，既然是朱老有事需要我帮忙，做小辈的，自然是义不容辞了。姨妈，没问题，这个案子我接了，明天就出发。”

“好，本来这一趟我是想自己去的，但是朱老似乎对你另眼相待，觉得你完全可以胜任，所以我就姑且先让你一试。你要有心理准备，这一趟可没你想的那么简单。”姨妈郑重地说。

“哦。”见姨妈说得这么谨慎，我好奇心一下子上来了，忙问，“究竟是什么案子啊？”

“一个年轻貌美的女子突然变成了怪物！”

“啥？美女变怪物？”我还以为自己听错了呢！

姨妈严肃地说：“是的，就是美女变怪物，朱老前领导的孙女现在变成了一个怪物。”

“啥怪物啊？”

“关于这个我暂且不说了，说得太多，我怕影响到你的判断，等你去了之后，你自然就知道了。”姨妈难得地卖起了关子。

“这么保密啊！不过话说回来了啊，华南人才济济，哪里轮得到我上场，我觉得是朱老太看得起我了。另外如果病患真的是由一个年轻貌美的女子突然变成了一个怪物，找我这个心理咨询师有用吗？不是应该找其他方面的医生或者科学家？”

“关于此病，病患家属已经求助了好多华南专家，但均束手无策。朱老希望你以顾问的身份来帮个忙，做个会诊。我之所以不详细说明，是不想你先入为主，你不知情，恰恰是你有别于其他专家的唯一优势。但是需要特别注意的一点是，你要注意安全。你要见的病人极度危险，别光顾着治疗。”

“好的。我知道了，谢谢姨妈！”我又不是没治疗过危险的病人，好几次都差点把小命搭上了。不过姨妈平日里对我比较严格，可能是为了避嫌，怕中心的人说闲话，因此听到她关心我的话，我心里还是挺暖的。

我带着一堆疑问从姨妈的办公室出来，心中一直在想这个神秘的病人到底得了什么病。这可是我头一次这么见病人，真是太不按套路出牌了。

“臭小子，想什么想得这么出神？！过来！”张哥突如其来的声音将我吓了一大跳。

我一抬头就看到张哥正站在他的办公室门口向我招手。我忙定了定心神，走了过去，一边走，一边怨恨地说：“张哥，你能不能别这样突然跳出来吓人啊，人吓人，吓死人！”

张哥将我拉进他的办公室后，忙问：“姨妈找你干啥？”

“怎么？姨妈没跟你说吗？”我还以为姨妈跟张哥说过了呢。

张哥一头雾水：“说啥啊？我不知道啊。”

“哦，明天我不能跟你一起去马尔代夫了，姨妈派我去广西南宁出差。”

“什么？！这怎么行啊，咱们什么都订好了啊！”张哥一下暴起，念叨着说，“刚才我出去打开水的时候，无意中看到你进了姨妈的办公室。一般她是不会叫你的，叫你肯定有事，没想到真被我猜中了。姨妈叫你去南宁干吗？”

“还能干吗，自然是处理案子呗。”

“什么案子，这么急啊，不能等节后再去吗？”

“是一件非常要命的案件，具体情况请恕我不能多说。”其实我自己也压根不知道，我只不过是想气气他而已。

张哥想了想说：“这么保密，该不会是牵扯到什么大明星吧。”

我故意吓唬张哥说：“你如果知道那个病人的身份，有一百颗脑袋都不够砍的。”

“那要看刀锋不锋利，砍不砍得过来了。”张哥不甘示弱地说，“臭小子，快说，我可是你的上司，小心本季度考核，我给你不通过哟。”

我最怕他使这招了，再说我所有的案子最后都得向他报备，想瞒他是瞒不住的，我只好一五一十地老实交代。

张哥听完后，也十分惊奇地说：“美女变怪物？这病症倒是挺稀奇的！哎哟，但是我们什么都订好了啊，这……”

我拍拍张哥的肩说：“我也很想去啊，但是这不是有事在身嘛。没事啦，你一个人也可以去的啦。”

“像马尔代夫这样的地方，就得两个人去才有意思。你不去，我一个人去有什么意思啊，还不如不去呢！”

我耸了耸肩说：“那我爱莫能助了，要不你跟姨妈商量商量，看看能不能等我们从马尔代夫回来我再去广西？”

“得了吧，姨妈我还不清楚啊，她定下来的事，谁也别想改变。”张哥想了想，接着说，“这样吧，这次马尔代夫之行是机票、酒店、包车一体的，想退票肯定是没戏，但是改签还是可以的。咱们换个时间去吧，移到月底怎么样？”

“月底哪来时间啊？”

“今年咱们的年假还没休呢。好，就这么定了，改签到月底。具体哪天，等你回来再说。”张哥拍板道。

“成吧，你看着来吧。”张哥向来是霸道总裁的范儿，他决定的事情，我别想拧回去，否则不但于事无补，还有可能吃不了兜着走，只好随他了。

回到自己办公室后，我打了个电话给朱老，告知我要去的事情。因为实在好奇美女变怪物，是变成了日本经典怪物哥斯拉的模样呢，还是变成了外星人的模样？还有我到底能帮上什么忙？于是再三向朱老打听这个神秘病人的详细情况。

然而朱老也跟姨妈一样，对于这个问题依然保持神秘，只是说案子原本发生在南宁的马山县，因为情况恶化已经被送到南宁市区的一家医院了。这样吊胃口让我更好奇了，不过他既然透过姨妈正式地请我过去，想必自有他的道理。见他不说，我也不好意思再追问。那天，我对于美女变怪物这事做了诸多猜测，想了很多假设，然而所有的假设都落空，那一次经历刷新了我的世界观。任我再见多识广，也没想到世界上会有那样的怪事。

第二章

第二天一大早，我就赶到了首都机场，搭乘了最早那班北京飞往南宁的航班。虽然前一天，与朱老通话，他已经就南宁的气候给我打了预防针，并要我事先做好准备，然而我还是没想到金秋十月的南宁竟然会这么闷热潮湿。我一下飞机，马上就出了一身汗，衬衫都湿透了。

朱老早几年得了一种罕见的骨病，如今恶化得行动不便了，需要做肌腱延长术，只能拄着拐杖走路，所以我没敢麻烦他来接我，自行打车前往约定的宾馆。到达目的地的时候已经是下午了，而朱老早已在酒店等候我多时了。

朱老事前为我订好了房间。我们俩见面寒暄了几句后，他就领着我前去酒店前台办理入住手续。前台小姑娘看我们两个男人来开房，而且还是一间大床房，眼神就非常奇怪。朱老虽然年纪大了点，头发也白了大半，但人还是很英俊帅气的，像个大金主，而我就像是吃软饭的小白脸。

我怕小姑娘误会，不由得红着脸，多余地解释："我是一个人住啦。"

"访客也要出示身份证的。"小姑娘望向朱老，笑着说，"请您出示一下证件吧。"

朱老很随和。小姑娘说要出示证件，他就掏出了身份证，递了过去。我无意中瞥了一眼，朱老的右手手腕有被抓伤的痕迹，伤痕还没愈合，像是这几天刚留下的。我不由得心里犯嘀咕，莫非是那个神秘病人抓伤了朱法医？这种危险的病人不是应该用束缚带固定在病床上吗？

像朱老这种“老司机”，我这种小心思自然逃不过他的法眼。他点头说：“没错，是那个人抓的。”

“这么危险啊？”我不敢相信地问。

朱老淡淡一笑：“只是我不小心而已。你知道的，我腿脚不方便，躲不快嘛。”

“还好我跑得快。”平日里我和张哥闹惯了，听他这么说，于是一句玩笑话脱口而出。一说完，我就觉得有些后悔，觉得挺冒犯他的。我干咳了一声，补了一句：“那人现在怎么样了？”

“先进房再说。”朱老回答道。

走进房间后，我穿的白衬衫已经彻底湿透了，整个人像是河里捞出来的一样。一进房门，我就想将空调开到强冷气。

朱老见状，忙拦住道：“你这样很容易生病，我看你还是去洗个澡吧。”

“也好。”其实一进门我就想去洗澡了，只不过才刚刚进屋就这样将朱老丢下，感觉有些不妥。听他这么一说，我拿了一套干净的衣服，愉快地进入浴室里。

等我洗完澡，人模人样地走出来时，桌子上已经被朱老摆满了照片。我扫了一眼，映入眼帘的是一些恐怖照片。我以为那是犯罪现场的照片，于是好奇地问："朱老，您不是早就退休了吗？怎么还带凶案照片到我这里来啊，这些照片可真吓人，比电视剧上的逼真多了。这是死者吗？"

"这不是死者，这就是你要见的病人。"朱老纠正道。

"啊？！"我吓了一大跳，我之所以会误解照片里是死者，是因为这些照片上都是同一个女人躺在一张床上。虽说那女人还睁着眼睛，但是浑身上下都是苍蝇，密密麻麻的，看着非常恶心。我想，只有人死了，尸体散发出了臭味，才会引来那么多苍蝇吧？要不然，人没死，也该赶一下苍蝇啊！她不嫌脏和痒吗？我顿了顿，问："这个人还活着吗？"

"当然活着啊，我怎么会让你来给死者做心理治疗？没那个必要吧。"朱老觉得我问得莫名其妙。

我意识到失态后，便抽出椅子，坐到桌子边上，端详起那些照片来。一边看，心里一边在想：这是什么病啊，为什么病人身上的苍蝇那么多？这种病应该属于身体上的疾病，我是一个心理咨询师，找我来有什么用？我也是爱莫能助啊！

朱老知道我心中有许多疑问，他就吃力地坐到床尾，然后握住黑色拐杖头，长长地叹了一口气："你一定很纳闷，我为什么不先跟你讲这小姑娘的情况，知己知彼才能百战不殆嘛。不过，这个小姑娘的情况非常特殊，如果你先知情，恐怕要和其他人一样，会被一些东西给误导，所以我想由我来根据这个病的情况，慢慢地向你说明。”

朱老说这话时，表情非常正经。可他话一说完，我的肚子就不争气地叫了起来，还不止叫了一下。本来气氛很严肃，我这肚子叫那么响，气氛就怪得不行。当时，我脑海里就在想，如果张哥在的话，不知道要说多少玩笑话了。

朱老幽默感比较少。听到我肚子叫，他先是愣了一会儿，可能他也是第一次遇到这种情况，然后才认真地问我：“要不要先去吃点东西？”

病人都那么痛苦了，我饿一下有什么要紧的，我当即就说：“恕我直言，我是饿，可看了这些照片，也没什么胃口。您有什么话，尽管说。”

“好。”

接下来，朱老没有再支支吾吾，开始给我解说这个神秘病人的情况。

由于朱老为了不让我误判这个神秘病人的情况，在这里向我解说的时候，故意隐瞒一个至关重要的事因，而直接跳过这个事因跟我讲后面发生的事情。为了更方便大家理解这个案例，我按照时间先后顺序从头开始说起。

朱老在 20 世纪 80 年代曾在广西马山县的一家卫生院任职，后来虽然去当法医了，但退休后仍有老相识会来求他帮忙，比如一些医疗纠纷、司法鉴定等。朱老当医生时有一位姓韦的老领导，他有个孙女叫韦苍琼，在一家医院的辅助科室当 B 超技师。她入职以来一直恪尽职守，没有出现过任何差错，直到她闺密怀孕 事搞出了大乱子。

她的这个闺密叫杨星，前不久好不容易怀了孕，一家人小心谨慎照顾着。在怀孕四十二天的时候，杨星就去了韦苍琼所在的医院做彩照检查。然而结果出来之后，片子上显示：只有胎囊，没有胎心和胎芽，推测可能是死胎，建议赶紧做清宫手术，以免危及大人的生命安全。

杨星之前有过几次不良孕史，一听医生这么说，没有任何怀疑，于是选择了清宫手术。然而倒霉的是，手术期间，因为主刀医生的一个失误导致她以后都不能要小孩了。杨星一怒之下将主刀医生告上了法庭，主刀医生反说他之所以会失误，是因为韦苍琼所在的科室做的检查并不准确，杨星肚里的孩子并不是死胎。

杨星一听震惊了，忙找韦苍琼对证，还去医院闹事。其实当时做出这个判断的人是一位老医生，韦苍琼并没有主张这么快做结论。她还推荐杨星去做阴超检查，那种检查更清晰准确。可是杨星说自己那段时间有黑色的分泌物，还保胎了好多天，不适合做阴超检查，就作罢了。

朱老后来告诉我，有时候孕妇体型过胖，在怀孕初期做检查，碰上经验不丰富的 B 超技师是有可能查不到胎心的。而且不只是体重超标会影响到检查结果，若是月经周期不规律，或者受精卵着床晚，胎心也会出现得晚。只要验血 HCG（人绒毛膜促性腺激素）和雌二醇上涨正常，胎儿一般都会正常发育，胎心在七八十天后都会检测到的。

怪就怪在杨星有过几次不良孕史，数次的打击让她慌了神，没有考虑周到就选择了清宫手术。任何女性都不适合做太多次这种手术，像流产次数多的女性，会有很大的概率患上复发性流产，要再怀小宝宝就会非常困难了。

杨星的事，韦苍琼虽然不应该负主要责任，但杨星是因为她的关系才会选择去这家医院做彩超检查，而且结果分析有误，作为参与者的她难辞其咎。这事不仅惹得她停职处理，还弄得她和杨星连朋友都没法做了。事后韦苍琼内疚万分，离开了广西，前往内蒙古散心。一个月之后，她回来了，本以为生活会一如既往地过。

然而回来没多久，韦苍琼就觉得膝关节疼。起初她并未太在意，在回南宁前一天，她曾在内蒙古骑马溜达草原时不小心摔伤过，以为是那次摔伤的后遗症，过几天就好了，但是疼痛却日渐加剧。最后在家人的催促下，韦苍琼去医院看了医生，医生诊断是类风湿关节炎。听到这个结果，韦苍琼心算是安了，拿了药就回家了。

可是又过了一段时间，韦苍琼的关节疼痛开始蔓延到全身，大片皮肤还出现了红斑，且皮肤有种瘙痒难耐的感觉。出于本能，韦苍琼日夜挠抓全身，皮肤都被抓烂了，还渗出了淡黄色的液体。更可怕的是，有些皮肤下似乎有虫子在蠕动，韦苍琼有一次站在镜子前自己检查那些疑似发炎的皮肤时，竟然发现一个突起的疱状处钻出了一只小虫子。

那一瞬间，韦苍琼的头都快炸开了。皮肤里钻出虫子，这可是科幻恐怖片才有的情节，她甚至以为一只异形怪物要从胸口爬出来了。韦苍琼是个女孩子，这种事情哪好意思说给外人听。她以为是皮肤被感染了，或者床单太久没换洗，只是给自己全身擦了点治疗皮肤病的药膏就算了。

这个病瞒了快两周，韦苍琼的身体越来越差。不仅无精打采，全身乏力，她的皮肤也渐渐裂出了许多窟窿，数不清的小虫子从她全身钻出来。有一天，韦苍琼病得厉害，人都呈半昏迷状态了。许多苍蝇从敞开的窗户飞了进来，而且越飞越多，慢慢地都快覆盖她全身了。

韦苍琼的弟弟当时正好来房间叫姐姐起来吃午饭，当场吓蒙了。回过神后，他忙叫父母进来，随后进来的韦苍琼父母见此情形也彻底蒙圈了，将韦苍琼送去医院诊治后，韦家人才知道，韦苍琼得了一种很罕见的病，叫作皮肤蝇虫病。这种病多发于牧区的牛群，偶尔也会发生在人身上，大多都是由于人受伤后，受损的皮肤被蝇虫感染引发的。

像这样的病，初期很容易被误诊为类风湿关节炎，或者丹毒。要等到皮肤钻出虫了，医生才会意识到诊断有误。这种情况怪不得医生，因为皮肤蝇虫病太少见了，真正救治过这种病的医生更是少之又少。

到目前为止，全球没有一种使用于人体的杀蝇药剂，唯一有效的治疗方式是一只只地将那些蝇幼虫从病人身体里切、挤、挖出来。这种幼虫太小，要在人体里找出来，非常困难，等发现时都已经很晚了。最恐怖的是，这种蝇虫是会进入人类体腔或者脊椎管的。如果到了那一步，病人就会很危险了，很有可能得败血症这种并发症。

住院一个多月，折腾了好多个日夜，韦苍琼全身的蝇虫才被取出来。之后又在医院里观察了许久，确定无大碍后，韦苍琼才获准出院。经过这次治疗，韦苍琼的身心都受到了极大的摧残。可是更悲摧的事情还在后面等着她，皮肤蝇虫病只是她噩梦的开始，她正一步步变成一个怪物。

第三章

案例讲到这里，也许有人会觉得这个怪病很奇特，很吸引人，可是偏题了吧，毕竟皮肤蝇虫病不在我的专业领域范围内，找我这个心理咨询师来有什么用呢？这又不是心理问题。这就是朱老的高明之处，他一开始并没有讲到这一段内容。

那韦苍琼后来出了什么事呢？

要知道，一般人得了这种病，是“一朝被蛇咬，十年怕井绳”，只要皮肤又痒，都会觉得是不是这个皮肤蝇虫病还没好，虫子又要从皮肤下钻出来了。韦苍琼在得病前，本来就有很大的心理压力了，她也觉得是自己害死了杨星的胎儿，所以在治疗皮肤蝇虫病时，整个人的心理和精神都不太正常了。

出院后，韦苍琼就闭门不出，每天每夜地冲洗身子，好像自己很不干净一样。韦家人觉得这行为不太正常，可还不至于到精神错乱的那一步，他们就只看着，没有作声。谁知道，又过了几个月，情况愈演愈烈，韦苍琼连续几晚都会惊吓着醒来，疯狂地挠抓身体，哭着说皮肤下还有好多虫，要将她全身钻成蜂窝那样。

韦家人听到这种话，心中大骇，立即将韦苍琼送入医院，又做了一次细致的全套检查。那个医生也怕是虫子没抓完，因此让韦苍琼入院观察。可是医生并没有在她体内再发现蝇虫。

得知这个结果，韦家人才松了口气，韦苍琼却听不进这些话，她总觉得皮肤下仍有虫子。韦家人有人也是医务人员，他们懂得这些病的利害关系，在经历过这么多可怕的事之后，谁都会崩溃的。早在第一次出院时，韦家人就给韦苍琼找了精神科的医生，希望她心里面能好过些。

经过会诊，精神科的医生认为韦苍琼得了精神分裂症，然后给她开了利培酮。利培酮能缓解和改善病人的焦虑、抑郁的感情症状，对于急性和慢性精神分裂症，也有一定的疗效。

确实，韦苍琼在坚持看病和服药一段时间后，她的病情得到了有效的控制，甚至通过了单位的检查，能重新回科室去上班了，就是不能从事主要工作，只能给老医生们打下手。

为了彻底翻篇，韦苍琼很积极地看精神科医生，可是韦苍琼的病情虽然有所改善，但仍会做噩梦，甚至觉得有人要谋害她。精神科医生考虑到韦苍琼对于杨星的事有愧疚感，可能是她把这种愧疚的情感转移了，才会衍生出被害的妄想。

精神科医生在接下去的治疗中，予以韦苍琼的利培酮逐渐加量，同时辅以扎来普隆改善她的睡眠。用药三周后，韦苍琼的睡眠有所好转，可仍有被害妄想症，精神科医生就采用了交叉换药法，决定给韦苍琼换用奥氮平。

利培酮和奥氮平是治疗精神疾病的药物，扎来普隆是针对睡眠问题的镇静催眠药物，是国家特殊管理的第二类精神药品。这些药的管理都比较严格，韦家人对这些药也很仔细，不敢随便给韦苍琼服用，都是按医嘱来给她吃的。

然而，就是在这样看似顺利的治疗中，韦苍琼好转了很短的时间，又忽然觉得自己的皮肤蝇虫病还没有好。洗澡不会死人，韦家人都由着韦苍琼日夜洗，水浪费就浪费了，可是后来韦苍琼挠抓身体愈来愈严重，有一次还去厨房拿了洗碗用的钢丝球，疯狂地刷洗身体。人的皮肤很脆弱，用钢丝球使劲地刷，顷刻便会血肉模糊。

看到这样的情况，韦家人也快疯掉了，他们立刻控制住了韦苍琼，不让她继续伤害自己。在叫医生来的时候，韦苍琼又挣脱了家人，跑去拿了一把水果刀，狠狠地割开了皮肤，不停地找蝇幼虫。

所有人都认为，韦苍琼是在得了皮肤蝇虫病之后，一直沉浸于那个噩梦中，就连精神科的医生都那么认为。不过，韦苍琼在被束缚带捆绑在病床上后，总是说有人要害她，同时也求家人和医护人员用刀割开她的皮肤，帮她抓虫。

“真的好痒，好痛，求求你们放开我，我要抓啊！放开我啊！快放开我！有人要害死我，这些都是他们安排好的！你们要相信我啊！”

每一天，韦苍琼都痛苦又没有逻辑地叫喊。挣扎得久了，她的眼神就变得恐惧起来，时刻都是把眼睛瞪得圆圆的，而她的躯体也呈现出一种不协调的姿态，好像四肢的骨头被人打断了，像一只巨大的蜘蛛怪。

病情发展到这一步，精神科医生已经束手无策了，除了给病人吃药，他们想不到别的办法。不过，韦家人知道病人住在精神病院，病情通常不会得到改善，反而有恶化的可能，他们不忍心将韦苍琼强制入院，于是就想了办法将人接回到家中，自己照料和护理。

韦家人辈分最高的长辈是一位卫生院退休的老领导。他和朱老曾经是同事，在听多了孙女韦苍琼喊有人要害她之后，他也开始怀疑，是不是在这些怪事背后，真的有人在谋害他孙女呢？毕竟，这些怪事都始于杨星的那次彩超检查，也许杨星失去生育能力后，偷偷地实施了报复行为?

在请朱老来帮忙想办法之前，这位老领导找过很多方面的专家来给孙女检查，他们在知道这些怪事的背景后，都认同之前精神科医生的做法。既然认同，那就等于找不到办法来治疗韦苍琼。去找朱老，可以说是老领导的绝望之举，他其实也不想找法医来的，毕竟人家是给死人申冤的，找来看活人，多不吉利啊。由此可见，韦家人真的是想尽了办法。

朱老在了解了前因后果后，做了些分析，然后就联系了我姨妈，想请我以顾问的身份来瞧瞧韦苍琼的病情。就像我在前面说的，朱老一开始没有告诉我前因后果，在酒店的房间里，他给我出示了一些病历记录、药单、照片，然后就从韦苍琼得精神分裂症说起，并没有跟我提到皮肤蝇虫病的事，因此我才以为那张满身是苍蝇的照片上是一具女尸。

朱老不想让我提前知道韦苍琼得过病，却又给我看了照片，他说:“这是病人发病时，脑海中的景象。”

我怀疑地问:“可这是照片啊，又不是画出来的，这个病人说自己皮肤下有虫子，不会是真的吧?”

朱老不置可否:“你就当照片上的人是另外一个人，我给你看这张照片，是要你体会病人在发病时的那种心理状态。”

我起着鸡皮疙瘩回答:“我看一眼就体会到了，要是我身体钻出虫子，还有这么多苍蝇在我身上，我也想拿钢丝球刷身子的。

不过……”

朱老听出了苗头，不紧不慢地问我：“你想到了什么？”

我只是听朱老说了韦苍琼的事，并没有亲眼见过病人，更没有和病人谈过话，哪里能下结论呢，何况当时的我才听了一半的故事。还好我也不骄傲自大，没有当场说出心中的想法。朱老知道我肚子饿，一说完事情，就带着我去吃饭，然后才去找韦家人。

我在中心干久了，仿佛时刻都能听到大家的心声。朱老这么做，其实就证明他猜到韦苍琼的真正症结是什么了，只不过想找个人做会诊之类的工作吧。

出了酒店，我就将心中的想法说了出来。朱老大方地承认了：“你很聪明，我在想什么，都给你看出来了。只是我还瞒了你别的事。”

我想象力丰富过头了，以为朱老要说：我瞒了你好久了，其实你是我儿子。我被自己的想法逗笑了，然后问：“您还瞒了我什么啊？朱老，您真特别。别人找我看病或者帮忙，都会将情况讲明白，就算不至于巨细无遗，也不会瞒我重要的事情。毕竟，来找我们做咨询和治疗的人都必须是主动的，我们和那些精神科医生不一样，强制入院的那种对于精神和心理都不好，病人会很抗拒。”

朱老却神秘地回答：“你很快就会知道为什么了。”

和朱老相处，总有自己在参演一部悬疑电影的感觉，不到故事的最后，你永远不知道答案是什么。我理解朱老的用意，他不会故意卖关子，一切都是为了病人着想，再加上我的肚子真的很饿了，我那天就没有刨根究底。

后来，甚至到现在，我仍会佩服和庆幸朱老做了这个决定，因为他当时若没有隐瞒韦苍琼患过皮肤蝇虫病的事，我可能就会做出错误的诊断。

这是为什么呢？因为韦苍琼的情况是“病中病”，大家只看到了表面，其实当中藏了更大的玄机。

第四章

第二天，我去见了韦苍琼。她的情况很糟糕，已经不适合做心理治疗了，谈话是肯定没有用了。朱老可能提前打过招呼，我去韦家时，没有一个人和我提皮肤蝇虫病的事。

出于谨慎，我当时问朱老：“韦苍琼服用过的药还有剩的吗？”

韦家人没等朱老回答，马上将药都拿到我面前。我看了看，又闻了闻，确定那些药都是利培酮、奥氮平、扎来普隆。韦家人知道那些药是没有问题的，因此从没怀疑过药品有问题。我本来也只是走过场，例行做提问，可我瞧了那些药，忽然觉得哪里不太对劲。

“这些利培酮好像剩得比奥氮平还多啊。”我数了数那些药，把药片都摊到了一张书桌上，“韦苍琼有没有停过药，或者故意不吃药，你们却没发现？”

韦家人先说：“苍琼是停过一段时间的药，她觉得吃利培酮没有用，还觉得心慌难受，后来医生说要交叉换药，我们怕她有心理作用，所以后来都是把药混在她的食物里，她是不可能故意偷偷不吃药的。”

“所以你们后来基本都给她吃奥氮平吗？”我闻了闻奥氮平的药片，有一种又腥又苦的气味。

韦家人都点头：“是啊。”

我看向在一旁的朱老，然后又瞧了一眼被束缚在床上的韦苍琼，她还在睡觉。接着，我又说：“奥氮平吃多了对人的肝肾不好，还会导致嗜睡，医生都交代了，要交叉换药，你们不应该经常用同一种药的。”

韦家人对我解释：“我们也不是一直给苍琼用奥氮平，有时会停药的，我们也怕药吃多了对她不好。”

就在我们说话时，韦苍琼慢慢地睁开了眼睛，她平时嘴巴可能是被控制住的，不能随便大喊。那天她嘴上没有东西了，见到我这个外人在，她就疯狂地大喊：“救命啊，有人把好多虫子放进我肚子了，快把那些虫子抓出来啊！我好疼啊！求你们行行好，救救我吧！”

我的病人大多是找上门来求助的，或者还没有陷入这种歇斯底里的精神状态。看到韦苍琼如此反应，我顿时不知所措。也许为了让我了解韦苍琼的病有多严重，韦家人将束缚带松开了许多，以致她人一剧烈扭动就翻下了床，挣脱开束缚带。

那一幕很可怕，韦苍琼先是撞倒了朱老，然后又推开了家人和我，跑进了厨房里。一转眼的工夫，菜刀就被韦苍琼找到了。她二话不说，先是给自己手臂划了一道又深又长的口子，这还不算完，她丢开菜刀就伸手去挖伤口，把血弄得满地都是。

听到菜刀落地的声音，我心都凉了，生怕韦苍琼做了傻事。还好韦家人上去抱住了她，不让这场面继续恶化下去。见状，我急忙打了急救电话，朱老也找来了一些纱布，匆匆忙忙地给她止血。

“我苦命的孙女啊，她怎么会变成这样啊？”

“是啊，姐姐太可怜了。”

“我的女儿啊，什么时候才能好呢。呜呜呜……”

听着这些话，我的心里也很难受。在大家七手八脚地抬着人上急救车时，我回头看了眼撒落一地的药丸，总觉得问题就出在那些药上。

诚然，韦苍琼的病是在吃药之前就有了，可能大家都不会觉得是药有问题。可我在只知道一半事实的情况下，并不认为韦苍琼的病是一种“被蛇咬”的心理阴影，而是别的情况导致她一直有种虫子在她皮肤下咬她的幻觉。

简单地说，吸可卡因的人很容易会有一种幻觉，即皮肤上有蚁行感，这在心理学上叫作触幻觉。触幻觉有很多症状，类似韦苍琼的病情，学名叫可卡因中毒伴发的精神障碍，通俗一点就叫作可卡因幻虫病。

韦苍琼在治疗的过程中，应该没有吸食可卡因，只是服用了奥氮平之类的药物。这些药若是遵照医嘱，并不会有太大的副作用，就像医学院有句话，撇开剂量谈毒性都是耍流氓。精神科医生交代了，要交叉换药，韦家人后来嫌利培酮对韦苍琼的效果不好，专门给她喂食奥氮平。

人的心理是很难用逻辑去说明的，韦家人都觉得利培酮吃了没用，可又不敢对精神科医生说明，每次去医院，医生按量开药后，他们都扣下了利培酮。韦苍琼有时停药，有时服用奥氮平，这样在别人眼中，好像就是交叉换药了，实际上这等于韦苍琼一直以来只吃了奥氮平。

我反复地提奥氮平这个药，是因为它有种令人嗜睡和增肥的不良反应，还会引发泌乳素的增加，甚至会造成体位性低血压、迟发性锥体外系运动障碍（包括帕金森综合征）、肝转氨酶一过性增高等，可是这个药还有一种大部分人都不知道的副作用。

在我多年的心理咨询师生涯中，我治疗过很多患有精神分裂症的病人，有些人后来甚至要去开奥氮平来吃。几乎百分之九十的人都会抱怨，吃完这个药后，他们总是皮肤刺痒，像是有人用针在扎他们，或者有蚂蚁在皮肤下爬，他们都恨不得用刀切开皮肤。如果不相信，你们可以在网络上搜索“奥氮平”“皮肤痒”的关键词，很多人都对这个药有不良反应，只是没人会像韦苍琼的反应那么严重。

其他专家都比我经验丰富，可是他们在知道了皮肤蝇虫病后，都以为韦苍琼还在为那种怪病害怕，却没有注意到，这是一种“病中病”，他们都被表象给误导了。也就是说，韦苍琼的皮肤蝇虫病早就好了，她的精神压力过大，在后期求助精神科医生时，又产生了一种和之前病症几乎重叠的幻虫病，她后期都是由于心理问题才发狂的。这就是朱老先对我说一半实话的原因，只是他也不能完全确定，考虑到我有多年当心理咨询师的经验，他才会请我过来。

想到了这一点后，谨慎起见，我没敢马上做出判断，而是反复地和治疗过韦苍琼的每个医生都做了详细的了解和查证。朱老也猜到了一些，只是这方面确实不是他的专长，在我综合所有信息得出结论后，他也认为这个可能性是最大的。

找到病因后，我们就取得了所有人的同意，停止给韦苍琼使用奥氮平，转而采用另一种神经系统药物——喹硫平。这种药一样是用来抗抑郁、抗焦虑症的，是治疗精神分裂症的常见药。

果然，在韦苍琼停止用药不久后，她的幻虫病就逐渐好了。当她情绪稳定后，已经回京的我也通过远程技术手段，陆续地给她做了一些心理治疗，以便保证她的病不会复发。以我们中心的规定，我是不能这么做的，可韦苍琼认为是我发现了症结所在，她十分信任我，坚持通过网络视频来找我做治疗。为此，姨妈表示理解，特别批准了这件事。

韦苍琼的病症之所以得以圆满解决，全靠朱老事前向我隐瞒了她患过皮肤蝇虫病。经过这一事，我突然有所感悟，对于一些病、一些人，我得学会适当的隐瞒。

由于我本身是学心理学的，再加上从业已有些年头，虽不能说大小病症我一概能治，但好歹也算有些经验和心得，一般的来访者只要将他的病症跟我一说，基本上我都能看出他的问题所在。在之前的治疗中，我一般会直接告诉来访者得的什么病，需要怎么治疗。

有些人会非常配合治疗，但是也有些人一听，立马就会拿手机或者电脑上网去搜索，然后根据网络上查到的信息，来跟我抬杠，质疑我的治疗不专业。实际上，网络上很多相关信息是准确的，可是每个人的情况都各不相同，信息正确，可并不适用于每个人。

在离开南宁前，朱老非要送我。哪里有前辈送晚辈的道理，我自是不同意，但是朱老非常倔强，一定要送我。我拗不过他，只好随他了，于是我们两人乘车到了南宁吴圩机场。

在机场与他告别时，我告知了他——我的那个顿悟。他笑着说："听到你这么说，我就放心了。我一直担心你嫌我故意卖关子呢，有时候做事确实就得这样，正所谓无知者无畏，无畏者无惧，适当隐瞒，其实是为了让病人更加安心接受治疗。如果病人整天担忧这担忧那，没病也会变得有病的，小病也会变成大病的。不是有这么一句嘛，很多癌症病人其实不是病死的，而是吓死的。"

机场里人来人往，一副忙碌的景象。我看看时间差不多了，于是跟朱老说："时候不早了，您早点回去吧，睡午觉的时间该到了吧！"

朱老不乐意地说："你以为我年纪大了，就一定天天要睡午觉吗？"

"没有！没有！我不是那个意思。"我赶紧道。

朱老忽然笑起来："我是要睡午觉啊。你啊，就该坚持自己的想法，就像给韦苍琼做诊断一样，要是你不相信自己，恐怕她人都没了。"

我有点不好意思，不知如何接话，忽然想到朱老曾经提过，他最近在将各种经历改编成小说，于是说："听说您在写些东西，都是自己的亲身经历。我也在写些书，还匿名出版过两本呢，您要是不介意，我可以把这件事写到我的新书里吗？"

朱老大方地说："你尽管写，这是我和你一起经历的事，你也有权利写的，不用征询我的同意。"

"那谢谢您了。"

我准备过安检时，朱老刚好要离开，可他又转身问我："你写的书叫什么名字啊？回头我去买一本来看看。"

"《我当心理咨询师遇到的那些怪诞事件》。"

（第三季完）